VALERIO MOSER
DOMINIK MUHEIM

UND WAS DIE MENSCHHEIT SONST NOCH SO ZU BIETEN HAT

ERLEBNISBERICHTE

VORWORT

Wie lässt man sich auf neue Orte, Menschen und Momente ein? Es gibt Orte, von denen man denkt, dass man sie nie betreten würde. Orte, von denen man nicht einmal gewusst hat, dass sie existieren, bis man per Zufall auf sie trifft. Was ist, wenn man solche Orte, Menschen und Momente aber aktiv aufsucht? Hinaus aus der Komfortzone — hinein in eine fremde Welt, der man nun, ohne doppelten Boden und soziale Filterblase, mit kindlicher Naivität, neugieriger Wertschätzung und einem Zwinkern im Auge begegnet.

Ich erinnere mich gerne an ein Spoken-Word-Festival. Wir sitzen in einem Restaurant und trinken einen Aperitif. Valerio und Dominik erscheinen und berichten, wie sie sich ein Muttermal in einem Tattoo-Studio stechen liessen. Dieser kleine, schwarze Punkt auf der Haut war mehr als Jux, Blutsbrüderschaft oder Mutprobe. Für mich war es ein gutes Beispiel: Hier haben sich zwei Menschen gefunden, welche sich gegenseitig ergänzen, bereichern und inspirieren.
Obwohl ich beide Künstler bereits als Slam-Poeten und seit ihren ersten Schritten in der Kabarett- und Kleinkunstszene schon lange kannte und begleitete, packten mich ihre ersten Reisetagebücher auf eine neue Art. Die Aktion mit der Hasselhoff-Cruise nahm ich erst noch als absurden Trip wahr, doch bald wurde es zu mehr.

Die beiden Autoren tauchen in Orte ein, stellen unbekümmert Fragen, belegen oder widerlegen Klischees und begeben sich bewusst aufs Glatteis. Sie zeigen uns andere Welten, in welchen wir gerne schon mal als ‹Fliege an der Wand› dabei gewesen wären. Sie berichten mit herrlichem Witz und wechseln plötzlich in die Ernsthaftigkeit. Sie gehen auch an ihre eigenen Grenzen und spätestens bei ihrer Reise in den Sextourismus Thailands wird spürbar, dass man bei der Betrachtung einer fremden Welt auch plötzlich selbst Teil der Geschichte wird, die klare Abgrenzung bröckelt und der eigene Voyeurismus auch von der anderen Seite hinterfragt oder gar genutzt wird.

Die Texte mit Humor, Befremden und Bedeutsamkeit haben mich dazu bewogen, in der «edition merkwürdig» eine eigene Reihe «merkwürdig anders» zu lancieren und ich freue mich, dass die beiden Poeten, welche mir sehr ans Herzen gewachsen sind, diese Serie eröffnen.

Schöne Reise
Rainer von Arx

1

DAVID HASSELHOFF WORLD FAN CRUISE MITTELMEER

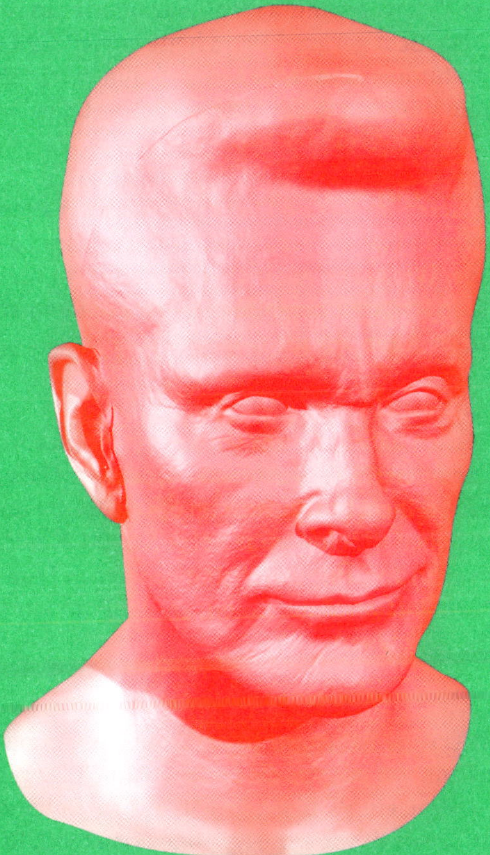

SAMSTAG
07.00

Wir haben unser ganzes Leben lang nicht davon geträumt, jetzt wird es endlich wahr. David Hasselhoff World Fan Cruise. Fünf Tage Kreuzfahrt mit 600 David-Hasselhoff-Fans. Und David Hasselhoff. Warum wir diese Tickets gekauft haben? Warum habt ihr euch diese Tickets nicht gekauft? Dann hätte es vielleicht keine mehr für uns gehabt. Genau genommen seid ihr alle schuld an dieser Reise. Und an diesem Buch.

08.45

Wir sitzen im Zug und haben gerade zwei ältere Damen von ihren Plätzen vertrieben. Denn es waren unsere Plätze. Wir haben nämlich reserviert. Also Dominik. Valerio schüttelt herablassend den Kopf und ärgert sich über die Alten, die nie reservieren.

09.10

Natürlich haben wir uns vorbereitet. Schliesslich dürfen die anderen Gäste nicht merken, dass wir Hasselhoff nur aus seinem Kurzauftritt im *SpongeBob*-Film kennen. Also haben wir eine halbe Folge *Knight Rider*, den Vorspann von *Baywatch* und den neuen Film *Killing Hasselhoff* geschaut. Besonders der Film war sehr nicht-sehenswert.

11.15

Mittlerweile haben wir in der Facebook-Veranstaltung geschaut, wer mit uns die nächsten fünf Tage verbringen wird. Beat, ein Walliser, spricht uns an. Er hat dasselbe Schiff gebucht wie wir. Nur ohne Hasselhoff. Er findet es merkwürdig, dass man wegen dem Hoff auf eine Kreuzfahrt geht. Wir finden es merkwürdig, dass man überhaupt auf eine Kreuzfahrt geht. Beat plaudert weiter. Dominik schläft ein.

15.07

Wir schiffen ein. In der Check-in-Schlange entdecken wir die Menschen, die wir auf Facebook bereits kennengelernt haben. Zum Beispiel Roman.
Er postet ausschliesslich Bilder, auf denen er mit David Hasselhoff zu sehen ist. Also eigentlich postet er einfach dieselben beiden Bilder in regelmässigen Abständen.

17.00

Nachdem wir eingecheckt haben, beginnt das Hoff-Fest. Alle Fans sprechen deutsch. Neben uns sitzen drei Girls, zwei davon wissen nicht genau, warum sie hier sind; die Dritte heisst Claudia. Claudia will nicht zugeben, dass sie Hasselhoff-Fan ist. Ein typisches Verhalten für Claudia, die Hasselhoff-Fan ist. Aber nicht zugeben will, dass sie Hasselhoff-Fan ist. Aber sie ist es, die Claudia.

17.25

Zu den Fakten, die wir bisher gesammelt haben:
Es gibt drei unterschiedliche Ausprägungen von Fans.
Richtige Fans. Sie tragen T-Shirts. Sie schwingen Fahnen. Überall ist der junge Hoff drauf.
Den alten gibt es in ihrer Welt nicht.
Versteckte Fans. Sie lieben den Hoff, haben aber gelernt es zu verheimlichen. Sie geben nichts zu und tasten zuerst ab, ob es okay ist, wenn man erzählt, dass man mit sechs Jahren auf dem ersten Hoff-Konzert war.
Hier gehört Claudia dazu.
Ironische Fans. Sie sind betrunken. Vielleicht um zu vergessen, dass sie gerade tausend Franken für einen mittelguten Gag ausgegeben haben. Gut möglich, dass das wir sind.

19.45

Nachtessen. An unserem Tisch sitzt der Präsident des Schweizer Knight-Rider-Club. Er sei der einzige Mann, der K.I.T.T. originalgetreu nachgebaut habe. Mit allen Funktionen. Inklusive Ölteppich und Nebelwand. Gut, Turboboost kann er nicht, aber sonst wirklich alles. Wir staunen. David Hasselhoff betritt mit seiner Familie das Restaurant. Alle drehen durch. Smartphones schnellen in die Höhe. Es wird gefilmt und gejohlt. Die besoffenen Solothurner am Tisch neben uns stimmen die Schweizer Nationalhymne an. Sie treffen die Töne nicht.

20.30

In der Lobby startet eine Spa-Show. Mehrere Passagiere werden öffentlich massiert. Aus drei Stockwerken schauen Menschen angespannt zu. Wir reservieren uns eine Massage für Dienstag. «Jetzt macht langsam alles Sinn!» «Dominik, nichts macht hier Sinn.»

21.00

Wir chillen in der Kajüte. Bald ist Disco-Zeit. Man munkelt, der Hoff erscheine gegen 23.00 Uhr persönlich, um auf dem Dancefloor zu brillieren. Valerio bereitet seine besten Tanzschritte vor. Dominik resigniert: «Valerio, wir haben bereits so viel erlebt und es ist erst 21.00 Uhr!»

22.30

Wir betreten den Club Etoile. Beat sitzt an der Bar und zwinkert uns zu. Claudia stolpert auf der Tanzfläche rum und schwingt ein rotes Baywatch-Dings.

22.45

Wir schliessen uns einer Polonaise an, die uns direkt an Hasselhoff vorbeiführt. Valerio hatte Augenkontakt. Dominik hat Claudias Baywatch-Dings im Rücken.

23.10

Alle tanzen Arm in Arm im grossen Kreis zu griechischem Wein. Der Hoff ist verschwunden.
Wir verstehen, warum.

02.00

Wir sehen Claudia. Doppelt.
Sie singt «Looking for Freedom» in der Karaokebar.
Es klingt, als würden viele Leute applaudieren, aber es ist nur der Ice-Crusher.

02.30

Irgendjemand singt «Looking for Freedom» in der Karaokebar.

02.45

David Hasselhoff singt «Looking for Freedom» in der Karaokebar. Das Original klingt besser, aber der Ice-Crusher applaudiert.

SONNTAG
09.30

Dominik wacht auf. Valerio liegt im Bett und geniesst die Aussicht aus dem Fenster, das wir nicht haben. Eine Stimme ruft durch die dünne Wand:
«CANTARE!»
Wir antworten unisono: **«OOOHOOOO.»**
Die Stimme überprüft: **«CANTARE?»**,
wir bestätigen: **«OOOHOOOO!»**
Die Stimme ruft: **«CAMPARI!»**,
wir ergänzen: **«SODA!»**
Wir rufen: **«WHO LET THE DOGS OUT?»**
Die Stimme antwortet: **«WUFF WUFF.»**
Dies war der tiefgründigste Dialog, den wir auf der Reise bisher geführt haben.

10.30

Dominik ist auf der Toilette. Valerio wartet im Zimmer. Dominik ist aber gar nicht auf der Toilette, sondern sitzt mit Beat an der Bar. Sie trinken Orangensaft. Beat sagt: «Dieses Schiff ist unsinkbar.» Dominik fragt: «Wirklich?» Beat sagt: «Ja», und nippt an seinem Glas. Seine Hand schlottert.

12.15

Am Buffet. Aus der Decke tropft eine schaumige Flüssigkeit. Dominik sagt: «Dieses Schiff ist unsinkbar.» Valerio fragt: «Wirklich?» Dominik sagt: «Ja.»
Das Schiff bricht auseinander. Valerio rettet sich auf eine schwimmende Tür. Dominik geht unter. Schade.

14.15

Wir sitzen im leeren Theater. Eine Frau weist uns darauf hin, dass die Hoff-Tänzerinnen für das Konzert heute Abend proben müssen und wir hier nicht erwünscht sind. Wir finden uns erwünscht und bleiben demonstrativ. Aber nicht lange. Denn wir dürfen nicht.
Dann gehen wir.

19.00

Abendessen. Der Präsident des Knight-Rider-Clubs erzählt: «Wir haben dreissig aktive Mitglieder. Einmal im Monat gibt es einen Höck. Das ist immer super und unkompliziert. Da ist zum Beispiel eine Frau, die backt immer etwas. Bald ist der Klausen-Höck. Der ist immer geil.»
Dominik fragt: «Habt ihr dann alle einen K.I.T.T.?»
Er antwortet: «Nein, nur ich.»

19.30

Der Tisch, der gestern den besoffenen Solothurnern gehörte, bleibt leer. Wie wir erfahren, wurden sie von Bord geworfen. Gerüchten zufolge haben sie gestern Hasselhoffs Tochter angepöbelt.

20.05

Ein Kellner beginnt plötzlich Pavarotti zu singen und initiiert damit eine 20-minütige Unterhaltungsshow. Weisse Servietten und Smartphones schnellen in die Höhe, Frauen werden zum Tanz aufgefordert. Plötzlich überall Polonaisen. Wir mittendrin. Zwei Deutsche: «Geil! Saufen!» Wir: «Schwanken wir oder das Schiff?» Die Deutschen: «Wir arbeiten da Hand in Hand!»

20.15

Wir kehren zurück zum Tisch. Der Präsident erzählt noch immer: «Einmal waren wir mit dem Knight-Rider-Club Italy unterwegs. Da hatten wir dann acht K.I.T.T. zusammen. Alle vor dem Burger King. Das war geil.»

23.30

Im Theater: Hoff betritt die Bühne. Fans haben keine Hemmungen mehr zu zeigen, dass sie Fans sind.
Wir haben auch keine Hemmungen mehr, weil wir betrunken sind. Ein Mann vor uns bedient eine Film- und eine Fotokamera. Gleichzeitig. Faszinierend.
«Dass es solche Kameras überhaupt noch gibt!»

23.50

Hoff brilliert durch gute Kostümierung. Erst Lederjacke. Dann rotes Baywatch-Dings. Dann Glitzerjäggli. Nie oben ohne.

00.15

Hoff singt sein Limbo-Lied. Ausgewählte Fans dürfen auf der Bühne Limbo tanzen. Valerio holt sich ein High Five vom Hoff. Dominik ist zu nervös und verfehlt die Hand.

00.40

Hoff singt seinen grössten Hit. Country Roads. Alle singen mit. Auch wir. Endlich ein Song, bei dem wir den Text kennen. Also Dominik.

00.50

Hoff beendet das Konzert. Nur Loser gehen raus. Ein Song fehlt nämlich. Zugabe. «Ai Bi Luuuking 4 Friiiidoooooooo...»

05.00

Valerio nimmt einen Sessel mit auf das Zimmer. Ein Security hält uns auf. Wir erklären, dass wir all inclusive gebucht haben. Schade um den Sessel.

MONTAG
08.00

Wir wachen auf. Gestern nach dem Konzert haben wir die Minibar im Zimmer geleert. Folgendes haben wir uns dabei überlegt: nichts.

11.30

Wir wachen auf.

12.30

Wir essen einen klassischen Buffetteller. Salat, Pasta, Pilze, Pangasius, andere Pasta, Lasagne, eine Tomate, Salami, zwei Käsescheiben, eine ungerade Anzahl Oliven, Calamares, ein Steak. Italienische Salatsauce über alles. Wir denken darüber nach, ein Restaurant zu eröffnen, das solche Menus anbietet.
Restaurant Buffetteller.

12.45

Italien abgehakt. Jetzt nähern wir uns Spanien.
Woran wir das merken?
Ein Churrosmobil hält neben uns.

13.05

Sprachphilosophie am Pissoir:
«Dominik, warum heisst es eigentlich Toilette?
ICH geh doch auf die Toilette, eigentlich müsste es Moilette heissen.»
Aus der Toilette singt ein besoffener Deutscher:

«ICH KACK DIE HÜTTE ZU!»

13.45

Neben uns zeigt ein älterer Herr aus dem Fenster.
Er sagt zu seiner Frau: «Du, jetzt hab ich zuerst gemeint, das da drüben sei Afrika. Aber es ist nur ein Schiff.»

14.00

Endlich, «Meet and greet» in der Pool-Landschaft.
Wir freuen uns wie blöd.
Sechshundert Fans warten auf den Hoff.
Heute gibt es Fotos.
Zwei Schlingel versuchen, in der Schlange vorzudrängeln.
Laute Buhrufe. Die Schlingel gehen wieder zurück.

14.18

Hoff taucht auf. Er performt den Refrain des Songs «Looking for Freedom» in der A-cappella-Version.
Fans eskalieren. Danach stellt er sich vor die Fotowand.

14.30

Wir sehen den Hoff schon.
Nur noch circa zweihundert Fans vor uns.

15.45

Wir sind dran! Die Beine schlottern.
«Eigentlich sind wir doch ironische Fans, aber so nervös war ich noch nie in meinem ganzen Leben!»
«Hey guys, how are you?»
Seine Stimme ist tief. Sooo tief!
«Good. We are good, David. How are you?»
Er lächelt, es blitzt, wir werden weggezogen.
«Oje, der arme Hasselhoff hatte ja gar keine Zeit.
Er konnte uns nicht mal sagen, wie es ihm geht!»
«Das liegt an den gestressten Fotografen.
Die können nie chillen!»
«Und leiden muss dann David Hasselhoff.
I hate this system!»
Jetzt ein Buffetteller.

16.00

Je einmal Buffetteller. Hassabbau mit Oliven.

15.00

Wir kommen zurück ins dunkle Zimmer. Dominik liegt aufs Bett. Valerio versucht das Licht anzumachen. Nach einer Minute schafft er es. Dominik liegt tot auf dem Bett. Der Apfel ist angebissen. Jetzt die Frage: Wer hat Dominik in dieser kurzen Zeit umgebracht? Black Stories is on.

17.00

Sie fragt, ob wir wirklich die günstige Massage wollen.
«Yes. We have no money. We are artists.»
«So, why are you on this cruise?»
Valerio in seinem besten Englisch:
«This is what we ask ourselves also all the time.»

17.05

Aus Versehen haben wir jetzt ein 5-Tages-Spa-Ticket gebucht. Wir sind noch drei Tage hier.

17.30

Es gibt sie wirklich. Die HoffArmy.
Die offizielle Fangruppe von David Hasselhoff.
Ein Teil davon sitzt mit uns in der Sauna.
«Viele Leute begreifen einfach nicht, dass David ein ganz normaler Mann ist. Der ist wie du und ich. Okay, logisch, wenn du ihn das erste Mal triffst, dann vergiss es, dann ist er da oben. Er ist ja auch gross. Aber mittlerweile kennt er meinen Namen. Der weiss sogar, dass ich das letzte Mal noch schwanger war.»
Wir lauschen Fabienne gespannt.

18.30

Dominik sitzt an der Bar. Claudia setzt sich dazu.
Claudia bestellt sich einen Apple Juice mit Wodka.
«Den habe ich selber herausgefunden. Ich nenne ihn: **THE NEW DRINK**.» Der Barkeeper bleibt freundlich.

Claudia flüstert laut: «Ich weiss, warum die Solothurner von Bord geworfen wurden. Ich habe gehört, dass sie nicht nur Hasselhoffs Tochter angepöbelt, sondern zuvor David Hasselhoff einen Hamburger zugeschmissen haben.»

19.10

Abendessen. Der Präsident resümiert: «Ja, die Technik beim Konzert war nicht gut. Eine Boxe hat gepfiffen. Aber mal ganz unter uns. Es war doch einfach geil. Niemand ist perfekt. Nur schon Knight Rider, so viele Fehler. Aber genau das macht ihn so sympathisch. Darum mag man ihn.»

03.00

Wir treffen einen brasilianischen Mitarbeiter in der Lobby. Valerio:

«WHERE DO WE FIND DAVID HASSELHOFF?»

«David who?»
«H.A.S.S.E.L.H.O.F.F.»
«I don't know him, ask at the reception.»
Pause.
«Oh, do you mean the guy? Everybody is talking about him. But for me it's just an old guy.»
Er wirkt betrunken.
«Ohh, his room is on deck... fuck... seven.»
«Are you allowed to tell us?»
«Fuck this shit. I will leave this ship anyway.»
«Why do you leave?»
«It makes no sense to work here, if you have money. We have bad rooms.»
«Really?»
«Fuck this shit. I'll show you.»
Er zeigt uns den Mitarbeitenden-Bereich.

DIENSTAG
10.15

Wir wachen auf, weil auf dem Gang jemand staubsaugt. Valerio wehmütig: «Ich frage mich, ob wir wie Influencer davon leben könnten.»
«Von was?»
«Von solchen Berichten! Wir schreiben über Orte, die wir nicht freiwillig besuchen würden. Waffenbörse, Esoterikmesse oder wir fliegen einfach nach Thailand in den Sextourismus.»
«Das werden wir auf keinen Fall machen!»
«Du hast ja recht, Dominik. Es lohnt sich einfach nicht. Bisher haben wir 1000 Franken mehr ausgegeben, als wir eingenommen haben.»

16.00

Fanmomente. Autogrammstunde im Club Etoile.
In der Schlange Smalltalk:
«Ich mag Karotten.»
«Ich auch! Aber wenn sie nass sind, krieg ich immer Schluckauf.»

16.50

Die Dame vor uns lässt sich ihren Bauch signieren. Sie will die Unterschrift tätowieren lassen.
Ein Deutscher hinter uns:
«David, you can say you to me.»
Kurz danach. Ein Mann macht einer Frau einen Heiratsantrag. Vor Hasselhoff. Alle applaudieren. Konfetti fällt von der Decke. Die Bodenplatten sind noch klebrig vom Vorabend. «Crazy for You» wird gespielt. Aber nicht ganz. So viel Zeit haben sie nicht. Der Hoff muss noch 250 weitere Autogramme geben.

20.05

Das All-You-Can-Drink-Paket macht uns kaputt.
Darum bestellen wir uns bereits den vierten Mojito.
In dieser Stunde. Der Kellner gibt uns unsere Zimmerkarte, auf die wir die Getränke bestellen müssen, zurück.
«Sie sind Dominik?»
«Ja.»
«Sie sind Johannes?»
«Ja.»
Wir haben jetzt ein zusätzliches Zimmer.

21.15

Wir belauschen ein Gespräch und erfahren Neues über die Solothurner:
«... und dann haben sie einfach Michael gepackt ...»
«Michael von der HoffArmy?»
«... Michael von der HoffArmy.
Jedenfalls haben sie ihn einfach gepackt und in die Sauna eingesperrt.»
«Krass.»
«Ja! Zum Glück konnte David Hasselhoff ihn rechtzeitig aus dem Spa-Bereich retten. Danach hat er die Solothurner eigenhändig von Bord geworfen.»

22.25

Dominik holt Drinks. Dominik kommt zurück.
«Valerio, ich liebe dieses Schiff!»
«Warum?»
«Weisst du, wer an der Bar war?»
«Beat?»
«Und weisst du mit wem?»
«MIT CLAUDIA?!»
Wir eskalieren hart in unserem Zimmer.
Das Leben schreibt die schönsten Geschichten!

03.00

Wir lungern gerade absichtslos auf Deck sieben herum. Riesige Essenslieferung mitten in der Nacht. Es ist hasselhoffensichtlich, wer bestellt hat. Wir folgen der Mitarbeiterin unauffällig. Sie entdeckt uns.
Dominik zeigt in eine beliebige Richtung und tut so, als wären wir orientierungslos. Valerio ist orientierungslos.

03.10

Endlich wissen wir, warum so viele italienisch sprechende Jugendliche hier sind. Ein ganzes Schulhaus gönnt sich eine Kreuzfahrt. Wir fragen ein paar Jungs:
«Seid ihr wegen Hasselhoff hier?» «No, we are boys!»

03.25

Die hübsche Tänzerin von David Hasselhoff macht in der Lobby einen Handstand. Valerio schlägt zwei Purzelbäume. Dominik zeigt seinen Trick. Es beeindruckt sie nicht.

03.55

In der Lobby treffen wir einen der Organisatoren.
Er ist betrunken: «Ja, dann hatten wir ja plötzlich eine Nachricht vom Hoff persönlich auf dem Anrufbeantworter. Er komme zwar nicht draus, aber er sei dabei. In den letzten Monaten haben wir täglich telefoniert. Er will alles wissen und ist fast ein bisschen aufdringlich. Einmal, als Hoff in Südengland war, fragte er, ob wir mit dem Schiff vorbeifahren könnten, damit er es mal sehe.»

MITTWOCH
12.50

Wir wachen auf. Marseille. Wir bleiben an Bord. Frühstück. Valerio isst ein Steak. Dominik einen klassischen Buffetteller. Hasselhoff-Fans erkennen sich mittlerweile. Man nickt sich gegenseitig verschwörerisch zu.

13.30

Dominik sieht die Duty-Free-Shops vor dem Schiff. «Valerio, ist das ein Flohmarkt?» Der Standard auf dem Schiff hat uns längst dekadiert gemacht.

16.40

Tanzkurs. Anweisung des Tanzlehrers: «Un, dos, tres. Un, dos, tres. Chicki Chicki Bumm. Chicki Chicki Bumm.» In der hintersten Reihe eskaliert ein älterer Mann mit seinen Beinen.

17.05

Dominik: «Valerio, gestern in der Massage bist du eingeschlafen.»
Valerio: «Nein!»
Dominik: «Doch!»
Valerio: «Nein!»
Dominik: «Die Masseurin hat gesagt, du habest geschnarcht.»
Valerio: «Ja, ich habe geschnarcht, aber ich war wach dabei.»
Dominik: «Dann habt ihr viel geredet?»
Valerio: «Nur am Anfang, dann bin ich eingeschlafen.»

19.10

Das letzte Abendmahl auf der Costa Favolosa.
Der Präsident:
«Ja, so bodenständig ist er ja dann doch auch wieder nicht. Ich hab Pascal davon erzählt, wie natürlich David sei. Er rollte nur die Augen und meinte: «Manchmal ist er schon ein bisschen ein Star.»»

19.15

Die Solothurner sind plötzlich wieder da. Sie waren nie weg. Kurz darauf erfahren wir aus einer sicheren Quelle, was an besagtem Samstagabend wirklich passiert ist. Was wir hören, ist erschütternd, aber vor allem verstörend. Folgendes dürfen wir euch davon verraten: nichts. Es ist geheim. Sorry. Aber wir wissen es wirklich.

19.20

«Du, warum steht das Schiff so schräg?»
«Wir hoffen, es geht unter.»
«Haha, das meint ihr jetzt wieder nur so ironisch, oder?»
«Nein, wir hoffen, dass das Schiff untergeht. Das gäbe einen super Tagebuch-Eintrag.» Stimmung sinkt. Schiff nicht. Schade.

00.02

David Hasselhoff betritt die Bühne. Die Fans applaudieren. Nicht genug. David Hasselhoff weiss die Situation zu retten und stimmt einen Hasselhoff-Fangesang an:
«DAVID HASSELHOFF, DAVID HASSELHOFF.»
Alle grölen mit.

00.12

Hoff fragt die Fans, wer ihn schon am längsten verfolgt. Betrunkener Deutscher: «ONE YEAR.» Sabrina steht auf: «DREISSISCH JOOHRE.» Sie gewinnt. Bravo.

00.25

Publikumsfrage: «Hey David, my name is David.»
Er lässt eine Pause, damit alle lachen können. Niemand lacht. «Why stupid people say all the time that you break the wall?»
«What?»
«Why stupid people … no they are not stupid … yes they are.» Kurze Pause, damit alle draus kommen können.

Niemand kommt draus.
«Why stupid people say that you break the wall?»
«What?»
«Because you did!»
Alle sind verwirrt. Nächste Frage.

00.37

Sabrina, verliebt, verzweifelt: «I'm happy to see how happy you are with your wife.» Tränen in ihrem Gesicht. Hoff: «Why are you crying?»

00.55

«Best thing about show business: Stay in the game. Don't give up. Don't kill yourself. Stay in the game!»

01.45

Publikumsfrage eines Österreichers: «Have you schnackslet with Pamela Anderson?» Kurze Übersetzungsprobleme. Dann: «No, I never had sex with Pamela Anderson and yes, I am a liar.» Das Publikum eskaliert. Dominik fallen drei Gin Tonics aus der Hand.

Zum Abschluss der Fragestunde singt Hasselhoff noch einmal «Looking for Freedom». Alle singen mit. Zum tausendsten Mal. Langsam mögen wir den Song.

02.20

Wir treffen eine Dame vor dem Club Etoile. Sie stellt sich als Ini vor. Valerio stellt sich als Rolf vor. Zusammen heissen sie Rolfini. Das klingt wie ein Süssgebäck. Hihi. Dominik stellt sich als Valerio vor. Valerio findet das absurd. Valerio: «Valerio ist doch gar kein richtiger Name.» Ini lacht: «Ja, Valerio ist ein schrecklicher Name.»

02.30

Beat kommt zu uns: «Hey Berufsalkoholiker, ich setz mich einfach zu euch.» Auf seinen Arm hat er seine Zimmernummer notiert. Unleserliche Handschrift. Er kann sie selbst nicht mehr entziffern. «Hey Jungs, darf ich eine Rede halten?» Dominik und Valerio schauen sich an: «Ja!» Er geht.

03.30

Ini: «Hasselhoff spielt bald bei uns in Linz. Kommt doch einfach vorbei. Mein Mann und meine Kinder hätten sicher Freude.»

05.50

«Hey Dominik, ich liebe dieses Schiff.»
«Ich liebe Hasselhoff.»
«Ich liebe den Ice Crusher.»
«Ich liebe den Knight-Rider-Präsidenten.»
«Ich liebe Beat und Claudia.»
«Und ich glaube, sie lieben sich!»
«Ich liebe alle Menschen.»
«Ich liebe Fior di Latte.»
«Hey Valerio, ich stelle den Wecker auf 7.50 Uhr. Zehn Minuten reichen zum Aufstehen und Packen, oder?»
Valerio freut sich: «Ganze zwei Stunden Schlaf!»

DONNERSTAG
07.50 Uhr

Dominiks Wecker klingelt. In zehn Minuten müssen wir das Zimmer abgeben. Wir hassen dieses Schiff. Wir hassen Hasselhoff. Wir hassen alle Menschen. Valerio hasst sogar Dominik. Das schaffen wir nie.

10.00

Wir lauschen Claudia beim Frühstück: «Ja logisch. Die Leute glauben natürlich, was im Netz steht. Alkohol, Drogen, Affären. Das stimmt doch alles nicht. Er ist den Leuten so nahe. Wir haben jetzt zwei Fotos, drei Autogramme und einen Pappaufsteller. Wobei, den haben wir geklaut.»

10.15

«Dominik, denkst du, es würde jemandem auffallen, wenn wir jetzt einfach hier blieben?»
«Nein.»
«Doch!»
«Wem?»
«Uns.»

10.00

Wir verabschieden uns vom Schiff. Ein letztes Mal Boardkarte scannen. Valerio wird zur Rezeption zurückgeschickt. Dominik geht mit. Der Rezeptionist macht einen Telefonanruf. Ein Mann in Anzug erscheint. «Follow me.» Valerio wird in einen Raum gebracht. Er wird nervös. Dominik auch. Im Raum: Valerio alleine – mit vielen Menschen in Anzügen. Ehe sich Valerio versieht, wird er auf einen Stuhl gepresst. Böse Blicke. Ernste Mienen. Fokus: Boardkarte. Schweissperlen auf der Stirn. Der Puls steigt und steigt. Ein muskulöser Mann baut sich vor Valerio auf. Vor dem inneren Auge: Das ganze Leben noch einmal im Schnelldurchlauf. Der Mann erhebt das Wort: «Herr Moser. Alles okay. Sie können wieder gehen.»

11.20

Wir verabschieden uns vom Schiff. Valerio klaut noch einen Pappaufsteller. Dominik zeigt ein letztes Mal seinen Trick. Adieu.

13.30

Wir treffen Beat und Claudia am Bahnhof. Sie steigen zusammen in den Zug ein. Keine Pointe, nur schön.
Fazit: Dies waren zwar die dümmsten, dafür aber auch die teuersten Ferien, die wir je gemacht haben.
«Verrückt, die letzten Tage.
Eine Welt, die ich so nicht kannte.»
«Weisst du was? Langsam frage ich mich, was die Menschheit sonst noch so zu bieten hat.»
«Lass mich kurz googeln.»

2

WAFFEN-SAMMLERBÖRSE LUZERN

12.30

Fussmarsch zur Waffenbörse. Vor uns:
drei junge Männer. Sie tragen Tarnhosen. Sie jodeln euphorisiert. Sie schwingen die Arme dabei.
Einer improvisiert Text dazu: «Es isch so schön in Luzern mit dä Berge, mit dr Sunne, mit dä Waffe und dä Chüe.»
«Gut gegoogelt, Valerio. Dies ist eine Welt, die ich wirklich noch nicht kenne.»
«Egal was passiert, ich kauf mir heute eine Pumpgun!»

12.45

Erster Stand. Eltern und Sohn lassen sich beraten.
«Wie alt muss man sein, um eine Armbrust zu haben?»
«18.»
Der Sohn schaut traurig zu Boden.
«... aber wenn die Eltern dabei sind, ist das denk kein Problem ...»
Der Sohn schaut hoffnungsvoll auf.
«... ist halt doof, wenn die Eltern nichts wissen und der Sohn plötzlich eine Armbrust hat und zu Hause mit der Katze Wilhelm Tell spielt. Haben wir alles schon gehabt.»
Der Sohn lacht.

12.50

Jemand interessiert sich für eine Armbrust. Der Verkäufer:
«Das ist ganz einfach. Zuerst steht ihr da rein.
Dann zieht ihr hier an diesem Griff. Dann nehmt ihr diese Schnur und führt sie hier zweimal durch.
Genau, als Schlaufe. Dann zieht ihr hier die Schnur hoch. Dann hängt ihr sie hier ein. Einmal hier drücken.
Dann noch den Hebel umklappen und da runterziehen.
Aber Achtung: Die Armbrust ist jetzt noch nicht entsichert.» Er lacht amüsiert, nimmt ein Klappmesser aus seiner Gürtelhalterung für Klappmesser, klappt es auf und zeigt damit auf den Stift. «Da.» Er klappt das Klappmesser wieder zu und steckt es zurück in seine Gürtelhalterung für Klappmesser.

«Diesen Stift noch hier reinstecken. Hier drücken. Das da rauf. Den Faden noch einmal da rüberhängen. Und zägg – schon ist die Armbrust bereit.»

12.55

Ein Vater liebevoll zu seiner Tochter: «Schau, jetzt musst du die Armbrust so halten – yes!» Die Armbrust ist zu schwer. Die Arme der Neunjährigen zittern.
Der Vater beratend: «Noch ein bisschen hoch. Nein, nicht runter! Hoch! Hoch! Yes! So!»
Er fotografiert sie mit seinem Smartphone:
«PERFEKT! NEUES PROFILBILD!»

13.15

Beim Bajonettstand. Kleiner Bub zu Vater:
«Papi, darf ich das haben?»
«Warum brauchst du ein Bajonett?»
Der Bub überlegt. Er weiss: Seine Antwort entscheidet alles. Grosser Druck. Für welches Argument entscheidet er sich?
«Zum Baumschnitzen.»
«Leg es zurück.»
«…»
«Roman, leg es zurück.»
«Nein, ich brauche es!»

Roman überlegt. Schweissperlen auf der Stirn. Er weiss: Seine Antwort entscheidet alles.
«Zum Baumschälen.»

15.20

An einem Stand verschenkt eine Dame Zigarillos.
«Also, ich kann das jetzt nicht so richtig in den Kontext setzen. Das hier ist doch eine Waffenmesse. Würden Sie sagen, Zigaretten sind auch Waffen?»
«Es sind Zigarillos. Raucht ihr?»
«Nein.»
«Höchste Zeit damit anzufangen.» Sie schenkt uns zwei Zigarillos.

13.30

Bei den Messern:
«Ist das ein Wellenschliff?»
«Das ist ein Querschliff.»
«Ich will aber keinen Querschliff.»
«Hier haben wir Wellenschliff.»
«Ich will aber einen Hochschliff.»
«Hochschliff ist aber sehr selten.»
«Aber es ist am besten. Es wackelt nicht.»
«Querschliff wackelt auch nicht.»
«Das können Sie schon sagen, aber ich habe Erfahrung.»
«Ich auch, ich bin Messerverkäufer.»

14.00

Dominik und Valerio im Restaurant. Dominik bestellt eine Rüeblitorte, Valerio eine Nussstange. Der Kellner geht. Valerio enttäuscht: «Mist. Irgendwie hätte ich doch lieber eine Rüeblitorte.» Im gleichen Moment erscheint der Kellner wieder. Er hat zwei Rüeblitorten dabei. Er guckt uns an. Wir gucken ihn an. Valerio guckt die Rüeblitorte an. Sein Gesicht hellt sich auf. Kellner: «Ou, du hast ja eine Nussstange bestellt. Sorry.» Er nimmt die Rüeblitorte und geht. Dominik guckt Valerio an. Valerio guckt Dominik an. «Fuck.»

14.20

Wir unwissend an einem Gewehrstand: «Brauchen wir für diese Waffe einen Waffenschein?»
«Nein, das ist ein Jagdgewehr.»
«Aber damit kann man doch auch auf Menschen schiessen?»
«Ja, aber es ist nur zum Jagen.»
«Haben Sie auch ein Pumpgun-Jagdgewehr?»
«Nein.»
Valerio zeigt auf ein ziemlich grosses Gewehr:
«Und das? Ist das auch ein Jagdgewehr?»
«Ja, das ist auch ein Jagdgewehr.»
«Cool. Dann nehm ich das!»

«Dafür brauchen wir aber einen Strafregisterauszug.»
«Den habe ich leider nicht dabei.»

14.40

Mitten in der Messe ein Käsestand. Der Käser trägt Trainerhosen. In der einen Hand balanciert er ein Weinglas und eine Zigarette, mit der anderen haut er aggressiv mit einem Fleischermesser auf ein Holzbrett. Auf Französisch schreit er uns an. Wir verstehen nichts. Er zeigt mit dem Fleischmesser auf Käsestückchen.
«UN AN, DEUX ANS, TROIS ANS. PROBIEREN!»
Wir haben Angst. Er schaut uns aggressiv an. Seine Stirn schwitzt. Wir nehmen ein Stück. Er lacht. Er haut mit dem Fleischermesser auf das Holzbrett.
«KAUFEN!»
Hilfesuchend schauen wir uns um. Alle Waffenhändler an den Nachbarständen haben Angst. Wir seckeln weg!

14.50

«Haben Sie auch Pumpguns?»
«Haben Sie einen Waffenschein?»
«Brauchen Sie einen Waffenschein?»
«Brauchen Sie eine Pumpgun?»

15.15

Bei einem Messerstand: «Ahh, wie leicht es ist. Und schau, wie es flippt!» Er flippt es. Es flippt. Er bemerkt Valerio: «Schau, wie es flippt! Und schau, man kann es sogar über den eigenen Arm flippen!» Er flippt es über den Arm. Beeindruckend. «Und schau mal, mein eigenes Messer. Es war teuer, aber das lohnt sich. Carbon. So leicht. Passt einfach in den Hosensack, dann hast du immer eines dabei.»
«Du hast immer ein Messer dabei?»
«Gell, das ist heiss!»
Sein Kollege schaltet sich ein: «Stimmt, mega leicht. Viel besser als das Messer, das ich jetzt habe. Während dem Arbeiten nervt das immer so im Hosensack. Carbon lohnt sich ja echt.»

IN WELCHEM BERUF BRAUCHT MAN IMMER EIN LEICHTES KLAPPMESSER IM HOSEN-SACK?

15.20

«Valerio, ich habe jetzt sehr lange überlegt und herausgefunden, in welchem Beruf man immer ein Klappmesser braucht.»
«Ich habe es auch herausgefunden, aber sag du zuerst!»
«Als Armbrustverkäufer.»

15.30

Am Stand von PROTELL. «Wir kämpfen seit 1978 für ein freiheitliches Waffenrecht!»
«Cool!»
«Das Waffenrecht darf wegen Schengen/Dublin nicht noch mehr verschärft werden.»
«Ist es denn schon mega scharf?»
«Ja.»
«Aber man braucht doch nur eine Waffenlizenz?»
«Ja.»
«Aber das ist doch sinnvoll?»
«Stimmt, aber wenn ihr beide jetzt überzeugt seid, dann könnt ihr für 50 Franken Mitglied in unserem Verein werden und ich schenke euch noch ein Victorinox-Sackmesser obendrauf. Denn im Vorstand von PROTELL sagen wir, was mir machen, und wir machen, was wir sagen.»
«Super, wir werden es uns in den nächsten Tagen nicht überlegen.»

16.15

Der Käser haut mit dem Fleischmesser auf das Holzbrett. Ein Messer flippt. Eine Armbrust wird gespannt. Irgendwo knallt eine Platzpatrone.
«Valerio fühlst du dich eigentlich sicher hier?»
«Dominik, ich fühl mich mega unsicher hier!»

Das Fleischmesser knallt auf das Holzbrett. Teuflisches Lachen. Ein Armbrustpfeil fliegt durch die Luft. Valerio hat noch immer keine Pumpgun.

«Valerio?!»
«Dominik?»
«LAUF!!!»

16.30

Dominik und Valerio sind erfolgreich geflüchtet. Zur Belohnung wollen sie die Zigarillos rauchen. Sie haben kein Feuer. Ein alter Mann mit langen, weissen Haaren hilft. Dominik zündet sich seine Zigarillo lässig an. Valerio scheitert.
Der Mann durchschaut uns.
«Ihr raucht sonst nicht, oder?»
«Nein.»
«Richtig so. Besser etwas für die Seele machen mit diesem hueren Geld.»
Gute Idee. Valerio und Dominik kaufen sich zwei Tickets für eine Esoterikmesse.

3

LEBENSKRAFT ZÜRICH

09.00

«Dominik, gestern im Club ... ich glaube, mein Bein ist kaputt. Es schwingt nicht mehr so gut. Ich werde alt.»
«Was für ein Glück, dass wir ausgerechnet heute an die Esoterikmesse gehen. Da bringen wir dein Bein wieder in die richtige Schwingung!»

11.15

Die Messe ist beliebt. Die Schlange zur Kasse ist lang.
«Dominik, vielleicht können wir die Tickets mit dem Handy kaufen, dann sind wir schneller.» Valerio nimmt zielstrebig sein Handy hervor, öffnet Instagram, schaut sich die neue Story von Lady Gaga an.
«Schau.»
«Lady Gaga?»
«Ja.»
Valerio schliesst die App und steckt sich sein Handy wieder in die Hosentasche.
Noch eine Viertelstunde bis zum Ticketschalter.

11.35

Beim ersten Stand. Ein älterer Doktor begrüsst uns: «Wollt ihr euch erden lassen?»
«Sicher wollen wir uns erden lassen!» Er hält ein Pendel zwischen Dominiks Beine. Es schwingt nicht. «Tatsächlich, Sie sind noch nicht geerdet. Janina, aktiviere mal sein Chakra.» Janina sprayt Wasser in Dominiks Chakra. Der Doktor hält das Pendel zwischen Dominiks Beine. Er schwingt das Pendel. «Ja, jetzt schwingt es. Spürst du es?» «Ja.»

11.40

«Valerio, ich muss ehrlich zu dir sein. Ich habe es vorhin gar nicht gespürt. Aber ich wollte ihn nicht verletzen. Er war so nett.»

11.45

«Hallo, ihr beiden, hallo! Wir haben sauberes Wasser. Partikelgehalt unter 20 Prozent.» «Super, wofür kann man das denn brauchen?» «Wenn du zum Beispiel einen Broccoli mit sauberem Wasser kochst, dann ist er zehnmal besser.» «Krass!» «Ich zeig dir das. Steh auf ein Bein und streck den Arm aus.» Die Frau drückt Valerio auf den Arm. Valerio verliert das Gleichgewicht. «Jetzt nimm einen Schluck Wasser.» Sie drückt ihm nochmals auf den Arm. Valerio bleibt stehen. «Das ist ja wie ‹Space Jam›! Mit diesem Wasser ist alles möglich!»

12.05

Valerio wird von einem Mann im Doktorkittel per Kinesiologie analysiert: «Selbstliebe scheint Ihr Problem zu sein.»
«Hast du gehört, Dominik, Selbstliebe ist mein Problem. Ich hasse mich dafür!»

12.10

Doktor: «Weisst du, wie lang deine Aura ist?»
Valerio: «Ähm ...»
Doktor: «Sag einfach irgendetwas.»
Valerio: «Drei Meter?»
Doktor: «Falsch. Sie ist genau 180 Meter lang.»
Valerio: «Wow.»
Doktor: «Was meinst du, wie haben die Menschen früher gemerkt, dass ein Tiger hinter ihnen ist?»
Valerio: «Ähm ...»
Doktor: «Komm, sag es.»
Valerio: «Sie haben sich umgedreht ...»
Doktor: «Falsch! Mit der Aura haben sie es gemerkt. Wer sich umgedreht hat, hat nicht überlebt. Das ist Evolution.»

12.20

«Wisst ihr, bei so einer Messe, da geht es mir nicht ums Geld. Ich rechne nicht mal aus, wie viel ich an solch einer Messe verdiene.»

12.30

Dominik zu einer Frau in der Kantine:
«Tschuldigung, kann man herausfinden, was man im vorherigen Leben war?»
«Ja sicher kann man das. Aber das ist eine intensive Sache. Man muss sich Zeit nehmen und bewusst sein, dass es verwirren kann. So sehr, dass man danach nicht mehr tscheggt, was real ist.»
«Haben Sie das schon gemacht?»
«Ja. Mehrmals.»

12.45

«Ich glaub ja auch an Wiedergeburt. Aber wenn man dann so wiedergeboren wurde, dann ist man halt einfach nicht mehr sich selbst.»

13.00

«Meine Methode hilft Dinge zu lösen, die dich belasten. Verstehst du?»
«Hast du die Methode bei dir auch schon angewandt?»
«Ja!»
«Dann bist du jetzt voll befreit?»
«Nein, das hört nie auf. Wenn man etwas gelöst hat, dann kommt immer etwas Neues. Das ist ja das Spannende. Es hört nie auf. Verstehst du?»

13.20

«Mein Name ist Andrea Joy Müller. Joy, weil ich mein Leben lang unglücklich war. Jetzt bin ich glücklich. Und ihr könnt das auch.»

13.45

Vor uns der Slogan «Wellness, Wasser, Elektrosmog».
Wir so: «Sie sind also für Wellness, Wasser und Elektrosmog?»
Er so: «Nein, dagegen ...»
Wir so: «Gegen Wellness, Wasser und Elektrosmog?»
Er so: «Nein, nur gegen Elektrosmog. Aber für Wasser und Wellness. Wisst ihr, warum unser Wasser so gut ist? Wegen dieser Maschine.»
Wir so: «Wegen dieser elektrischen Maschine?»
Er so: «Ja.»
Wir so: «Wegen dieser Elektrosmog produzierenden Maschine?»
Er lacht. Er schwitzt. «Also, wollt ihr mal probieren? Das Gerät kann drum noch mehr. Was beschäftigt euch?» Valerio: «Nackenstarre». «Perfekt, wenn ich es an diese Stelle halte, dann wird es warm. Wie Fieber, nur lokal. Versteht ihr das?» Er hält es an die Stelle. Es wird warm. «Wird es warm?» «Es wird warm!» Der Mann beobachtet uns und nickt stolz.
«Wegen dem lokalen Fieber: Haben Sie für mich jetzt auch lokales NeoCitran?»

13.50

Elektrosmog-Guru:
«By the way, wo habt ihr euer Handy?»
«Zu nah an unseren Genitalbereichen?»
«Das ist dumm. Ich kenne schon zwei Informatiker, die haben keine Eier mehr.»
«Wegen dem Smartphone?»
«Wegen dem Smartphone, ja. Und weisst du was? Bei denen hats sogar schon ein schwarzes Loch in der Aura. Beim Kopf, weil sie so viel telefonieren.»
«Was kann ich dagegen machen?»
«Wir haben hier einen Aufkleber fürs Handy.
Der kostet 30 Franken. Aber noch besser ist es natürlich, wenn ihr diesen Stein für 200 Franken kauft.

Der entfernt allen Elektrosmog aus eurem Zimmer.»
«Und aus meiner Hosentasche?»
«Am besten ihr kauft beides.»
Valerio und Dominik kaufen keines, denn das Engel-Seminar beginnt in wenigen Minuten.

14.00

Endlich. Engel-Seminar. Das Mikrofon funktioniert nicht. Valerio hilft. Das Stromkabel ist nicht eingesteckt. Valerio steckt es ein. Das Mikrofon funktioniert.
Die Referentin begeistert: «Hach, seit ich mit den Engeln in Kontakt stehe, geht einfach immer alles gut! Jetzt ein kurzer Blick auf die Zeit. Hat jemand eine Uhr?» Jemand hat eine Uhr.
«Sehen Sie, die Engel. Hach.»

14.10

«Ou, die Engel, sie wollen mir etwas mitteilen.
Die Engel, die zeigen gerade auf Sie. Wie heissen Sie?»
«Karin.»
«Karin. Die Engel sagen mir ... Karin, die Engel zeigen mir eine Autotür; eine Autotür, die zugeht, Karin. Karin ... könnte das bedeuten, dass du vielleicht irgendwo aussteigen oder mit etwas aufhören sollst, Karin?»
Karin aufgelöst: «Ja ... aussteigen ...»
Die Referentin freudig: «Aussteigen! Ja! Karin! Mach die Autotür hinter dir zu! Karin, du fühlst dich manchmal wie ein Baum, der in einem Käfig wächst und seine Arme nicht ausstrecken kann, gell?»
Karin aufgelöster: «Ja ... wie ein Baum ...»
Die Referentin freudiger: «Karin, komm zu meinem Stand nachher. Du musst dir unbedingt diese CD kaufen. Und das Buch hier, das wäre auch etwas für dich.»

14.15

Die Referentin wird angriffig: «Fünfzig Jahre lang habe ich mich schuldig gefühlt. Aber Schuldgefühle sind, verzeiht, wenn ich das jetzt einfach so sage: kirchengemacht.» Verschwörerisches Raunen in der Zuhörerschaft.

14.25

Die Engel zeigen jetzt auf Valerio. «Sie zeigen mir einen Hund, der sich in den eigenen Schwanz beisst.»
«Und was heisst das?»
«Moment, die Engel … Liebe. Liebe ist ein Thema für dich.»

FUCK! LIEBE IST GERADE WIRKLICH EIN THEMA FÜR VALERIO.

Dominik überrascht. «Valerio, Liebe ist wirklich ein Thema bei dir!» «Ja, Dominik, Liebe ist wirklich ein Thema bei mir! Wie macht sie das? Ich glaube, es ist doch alles wahr. ALLES!» Valerio nickt ehrfürchtig. «Die Engel … du hast eine innere Blockade. Du hast Mühe zu zeigen, was du fühlst. Du musst dich überwinden. Zeige dich.» Valerio nickt – erleichtert: «Phu, das war knapp. Das könnte nicht weiter weg sein von meiner aktuellen Situation.»
«Aber Valerio, was hat das eigentlich mit dem Hund zu tun, der sich in den eigenen Schwanz beisst?»
«Ich glaube, Dominik, das ist wie eine Autotüre: Das musst du von aussen abschliessen.»

14.30

«Und zum Schluss meines Vortrages machen wir noch eine Übung, damit ihr alle so leuchtet wie der Mann auf diesem Buch.» Sie hält eine CD in die Luft. Wir machen die Übung. Dominik leuchtet. Er ist jetzt das neue Rücklicht von Valerios Fahrrad.

14.33

Dominik begeistert: «Valerio! Ich werde jetzt auch Lebenstherapeut!» Er spricht wahllos Menschen auf der Messe an: «Hey, Liebe, das ist ein Thema bei dir, oder? Und du da, du musst bestimmt etwas in deinem Leben abschliessen, oder?» Dominik zeigt immer wieder seinen Trick. Binnen einer halben Stunde laufen ihm zwölf Menschen nach.

14.35

Ein älteres Ehepaar: «Waren wir schon da hinten?»
«Da hinten waren wir schon.»
«Aber da hinten, da waren wir noch nicht.»
«Stimmt, da waren wir noch nicht.»
«Gehen wir da hin?»
«Nein, komm, wir gehen da hin.»
«Aber da waren wir doch auch schon?»
Sich selbst zwar gefunden, aber in der Welt verloren.

14.40

«Mit dem Cosmic Recoding kann man Probleme da angehen, wo sie entstehen. Auf der Quantenebene.»

YES! QUANTENEBENE! BULLSHITBINGO KOMPLETT!

14.50

«Hey, ihr beiden. Schaut mal, ich hab eine Broschüre für euch.
Es geht darum, dass alle ihr Leben selbst in der Hand haben.»
«Wie wir diese Broschüre?»
«Genau. Also vor allem junge Menschen, die sind noch nicht so geprägt. Die können noch alles aus sich machen. Und ihr seid ja noch jung.»
«Ich schon, Valerio ist eher alt.»

«Es gibt so viele Erwachsene, die versuchen, den Jungen Träume und Wünsche zu stehlen.»
Dominik schaut ängstlich zu Valerio. Valerio klaut ihm einen Traum.

15.15

«Wisst ihr, alles passiert aus einem Grund.»
«Alles?»
«Alles!»
«Ich hab mir vorhin den Zeh angestoßen.»
«Ja. Das auch.»
«Ich habe mir heute Morgen die Zähne nicht geputzt.»
«Auch das hat kosmologisch einen Grund.»
«Okay, Spass beiseite. Einmal an Weihnachten fuhr doch einer mit 'nem LKW in einen Weihnachtsmarkt rein. Da wurden Menschen überfahren. Was für einen kosmologischen Grund hatte es, dass diese Menschen sterben mussten? Warum mussten die da sein?»
«Warum wart ihr nicht da?»
«Ist das Ihre Antwort?»
«Ihr Tod war nicht grundlos.»
«Was für ein unendlich komplexes System muss hinter all den Dingen, die passieren, stecken, damit mehrere Biographien an einem Punkt zusammenkommen und sich all ihre Gründe zum Sterben sinnvoll überschneiden?»
«Ich finde es gut, wie ihr beide die Welt hinterfragt. Zum Beispiel 9/11. Heute glaubt doch niemand mehr daran, dass dies wirklich Terroristen waren?»
«Doch? Sehr viele? Wir beide zum Beispiel.»
«Also in meinem Umfeld niemand. Es gibt Bücher dazu. ‹Hit Man›. Googelt das mal. Jedenfalls ist da ja dieses System, das uns alle kaputt macht.»
«Dieses System? Wer oder was ist denn dieses System?»
Denkpause. Dann: «Die reichen Familien.»
Sie beginnt sich mit der Hand vor dem Kopf herumzufächern. «Ich mach das, um zu löschen, was ich gerade gesagt habe.»

15.30

Ein Mann verkauft Glaskugeln mit goldenen Steinen drin. «Jeder von uns hat ein eigenes Reich. Und ich weiss, wie Sie jetzt darauf reagieren: ‹Woah! Toll! Ich habe ein eigenes Reich.› Sie können alle Menschen, die Sie wollen, in Ihr Reich lassen. Das ist einfach, Menschen zu sich zu lassen. Aber wissen Sie, was schwieriger ist? Diese Menschen wieder rauszuschmeissen.
Im Leben gibt es zwei Antworten:
‹Ja› und ‹Ja, vielleicht›. Gold hilft, das ‹Nein› in seinem Leben zu finden. Ein ganz klares ‹Nein, das will ich nicht!› Wollt ihr also so einen Stein?»
«Nein, den wollen wir nicht!»
«Dominik, apropos ‹Nein›, eigentlich will ich gar nicht mehr an der Messe sein, eigentlich versteh ich gar nicht, was wir hier machen!»
«Seht ihr, das Gold hat euch schon geholfen.»
Dominik und Valerio gehen. Für immer.

16.15

«Valerio, was hast du heute gelernt?»
«Ich habe gelernt, dass ich mich selbst nicht genug liebe. Das hat mich sehr berührt. Was hast du gelernt?»
«Dass ich mich nicht umdrehen darf, wenn ein Tiger hinter mir steht!»
«Und Wasser mit der falschen Schwingung kann mega gefährlich sein.»
«Vielleicht sollten wir nur noch ‹Long Island Ice Tea› trinken!»
«Und ich bräuchte dringend eine neue Spülung für mein WC.»
«Auch das, Valerio, auch das hat die Menschheit zu bieten. Komm mit!»

4

BAUMARKT LANGENTHAL

13.30

«Ich nehm gute 200 Franken mit. 200 Franken sind mehr als 100 Franken; fast mehr als doppelt so viele Franken. Das reicht immer.»
«Aber wir kaufen schon nur einfach deine WC-Spülung, oder?»
«Ja sicher, ich bin doch nicht blöd.»
Valerio und Dominik am Eingang des Baumarkts.

13.45

Wir stehen am Eingang. Ein Vater marschiert wie ein Vater an uns vorbei.
Ausgestreckte Brust, Abenteuerlust in den Augen: «Heute wird geshoppt.»
Die Familie - Modell klassische Kleinfamilie: Frau, Tochter, Sohn - schleppt sich hinterher. Die Tochter flehend: «Jetzt haben wir es dann grad, Papi, gell? ... Jetzt haben wir es doch dann sicher grad?»
«Sophie, das Abenteuer beginnt erst!»

13.50

«Ich freu mich so! Es gibt hier so tolle Dinge zu kaufen. Zum Beispiel UTZ-Kisten. Ich hab schon viele, ich weiss gar nicht mehr, was ich in den Kisten verräumen könnte. Deswegen brauche ich jetzt eine noch grössere UTZ-Kiste, in die ich die leeren Kisten reintun kann. Fünfzig Prozent runtergesetzt. Da nehm ich gleich zwei. Bin doch nicht blöd.»

13.52

Zwei Männer in der Holzabteilung:
«Da mit der Kerbe. Das musst du dir vorstellen, das geht schon. Stell dir vor, 16 mal 16, das sind zweimal 16, das sind 32 und plus 16, das sind 44. Also 16 mal 16, 32, 44 ...»
«Dann kannst du eigentlich vielleicht sogar 19 und 16 ...»
«Wart, das wären 52. 32 weniger 2, wegen der Kerbe,

also die zwei von der Kerbe, oder?» «Dann vielleicht das Grössere, das vielleicht mit 17. Ja.»
«Nein, nein. Weisst du, es geht um das Zweite. Da musst du 7 mal 16 rechnen, dann ist es eh 19.»
«Nein. 19 ist das andere. Das hier. Das hält richtig. Wegen der Kerbe.»

14.00

«Ou, eine Finnenkerze.»
«Nein, das ist ein Schwedenfeuer.»
«Nein, das ist eine Finnenkerze.»
«Sagen wir einfach Skandinavienzündel.»
Ein Verkäufer ploppt neben uns auf:
«Ahh, Sie interessieren sich für die russische Baumfackel?»

14.10

Ein junges Pärchen, das wohl ihre erste Wohnung einrichtet:
«Du, welche Kleiderhaken möchtest du jetzt? Ich würde die hier nehmen.»
«Nein, die sind doch viel zu gross, da stoss ich mir doch immer den Kopf!»
«Aber bei den kleinen kann man ja immer nur eine Jacke dranhängen.»
«Ja, aber eine Jacke reicht ja auch.»
«Dann haben aber gar nicht alle Jacken Platz!»
«Du hast sowieso zu viele Jacken!»
«WELCHE JACKE IST DENN BITTE ZU VIEL, SCHATZ?!»
Wir beide, Dominik und Valerio, wünschen den beiden eine fröhliche weitere Beziehung und alles Gute in der neuen Wohnung.

14.18

«Dominik, kaufst du dir jetzt eine Autobatterie?»
«Nein, psst, ich belausche die beiden da drüben!»
«Ja, aber ich belausche die beiden dort drüben, und die reden darüber, dass du seit fünf Minuten konzentriert und regungslos Autobatterien anstarrst.»

14.25

Vor dem Brettzuschneidstand herrscht Chaos. Menschen stehen an. Keine Schlange. Niemand weiss, wer wann dran ist. Plötzlich ploppt Benjamin Huggel auf.
«Schau, Benjamin Huggel?»
«Wer ist Benjamin Huggel?»
«Ich bin Benjamin Huggel», sagt Benjamin Huggel.
Benjamin Huggel ordnet das Chaos: «Zuerst kommst du, dann kommst du, dann kommt ihr, dann komm ich, dann kommst du!»
Alle folgen Benjamin Huggels Anweisungen. Es klappt mega gut. Dann ist Benjamin Huggel an der Reihe.
Benjamin Huggel streckt sein Holz hin, ist fast schon dran, dann im letzten Moment wird Benjamin Huggel von einem Jugendlichen überholt.
Die Jugend von heute - einfach keinen Respekt mehr vor Benjamin Huggel.

14.31

«Dominik, weisst du, wie die Restbretter entstehen, die man günstiger kaufen kann?»
Valerio nimmt ein Brett, gibt es dem Brettzuschneider: «Gerne einmal in der Mitte durch.» Valerio stellt beide Hälften zu den Restbrettern. «So.»

14.40

«Du, wegen der Spülung. Wie sieht die eigentlich aus? Kann man die am Stück kaufen?»
«Ja, ich glaube, da hat es doch diese Taste oben und dann höchstwahrscheinlich noch ein Rohr für das Wasser halt.»

«Ich glaube, so etwas habe ich kürzlich beim Aktionsregal gesehen.»
«Aber Valerio. Aktionsregal. Ich will dir nicht zu nahe treten. Aber du kaufst dir wieder Sachen, die du nicht brauchst.»
«Erinnerst du dich an das Pumpgun-Jagdgewehr, das habe ich mir zum Beispiel auch nicht gekauft.»
«Du durftest nicht! Weil du keinen Waffenschein hast!»
«... und zweitens: Mittlerweile bin ich angekommen. Ich gele mir die Haare. Ich bin erwachsen. Ich kauf mir doch nicht einfach Sachen, nur weil sie Aktion sind. Ich bin doch nicht blöd!»

14.42

Beim Aktionsregal.
«Du, Dominik. Diesen Vier-Meter-Kunstrasen. Den brauch ich nun wirklich nicht, oder?»
«Oh nein, Valerio, bitte einfach nicht ...»
«... Ja, ich mein, was soll ich damit? Aber er ist halt runtergesetzt. Vier Meter. Das ist schon zu viel, nicht?»
«Valerio, logisch ist es zu viel!»
«Ja, der steht dann bei mir zu Hause eh nur rum. Ich will ihn wirklich nicht, verstehst du ... aber ich muss!»

15.00

Dominik verliert Valerio. Valerio findet Dominik. Dominik steht vor einem merkwürdigen Regal.
Es geht um Diebstahlschutz.
«Schau, Valerio. Mega praktisch. Ein Zwei-in-eins-Türstopper. Er stoppt die Tür und ist eine Alarmanlage. Und schau hier: Eine Null-in-eins-Überwachungskamera – sieht aus wie eine Kamera, ist aber nur Plastik.»
«Ceci n'est pas une caméra.»
«Und hier eine Tomatensuppendose, in der keine Suppe drin ist, sondern nichts. Aber du kannst viele Sachen reintun. Schmuck, Geld, Tomatensuppe. Wie ein Tresor – einfach ohne Schloss.»

15.10

Zwei Handwerker neben uns.
«Du, ich muss unbedingt noch zu den Mixern.»
«Zu den Mixern? Warum?»
«Ich brauch noch einen Mixer. Meine Freundin will jetzt Mandeln häckseln.»
«Aber du kannst doch während der Arbeitszeit nicht einfach zu den Mixern.»
«Das muss der Chef ja nicht erfahren.»
«Unser Chef erfährt alles! Weisst du nicht mehr, das mit Julia?»
Die zwei Männer gehen.

15.13

Ein Mann läuft an uns vorbei. Er trägt ein grosses Brett, einen Teppich, eine Leiste, einen Gummihammer und zwei Kübel weisser Farbe - ohne Wägeli. Das ist Männlichkeit.

15.24

An der Kasse.
«Woah. All die schönen Süssigkeiten hier. Ich muss noch was kaufen.»
«Ich möchte auch. Aber wenn ich mir den Kunstrasen kaufen will, dann reicht das nicht mehr. Rasen, Süsses, Rasen, Süsses ... **FUCK!»**
Neben uns: die Kleinfamilie. Der stolze Vater an der Kasse, mit Fuchsschwanz und einer Packung Nägel im Einkaufskorb. Daneben die beiden Kinder, die Valerio schockiert anschauen. Daneben die Mutter, die Valerio ganz böse anschaut:
«Also dieses Wort, das sagt man nicht einfach so!»
«Wie, welches Wort?»
Dominik hilft: «Fuck, Valerio, ‹Fuck› solltest du vor kleinen Kindern nicht sagen.»

15.30

«Du, Valerio, ich muss kurz auf die Toilette. Deine geht ja nicht!»
«Stimmt. Ich weiss nicht mehr genau, weswegen ich hier war, aber ich habe jetzt ein Rohr, eine Türstopper-Alarmanlage, ein Toffifee-Multipack und einen Kunstrasen.»
Dominik geht. Valerio legt seinen Kunstrasen aus, macht es sich bequem und isst Toffifee. Dominik kommt zurück.
«Schau mal, Valerio, was ich auf der Toilette gefunden habe.» Er hält etwas mit einem Knopf und einem Rohr in der Hand.
«Eine Spülung. Und es ist kein Preis drauf. Ich glaube. es ist gratis. Die hatten da noch mehr davon!»
«Danke, Dominik. Du bist einfach der beste Freund. Wenn das so klappt, dann kannst du morgen endlich wieder zu mir aufs WC!»
«Man muss halt zueinander schauen. Ich zeige dir, wo die Menschheit noch mehr zueinander schaut. Die zueinanderschauendsten Menschen überhaupt. Und WCs haben sie da auch.»
«Überfüllte WCs?»
«Ja, aber voll mit Liebe!»

5

HERZBERG-FESTIVAL
GRÖSSTES HIPPIE-FESTIVAL EUROPAS
GEHAU

DONNERSTAG
14.00

Im Zug zum Festival. Mit Heissleim basteln wir Federschmuck. Wir sind mega stolz.
«Aber ist es nicht komisch, wenn wir so etwas am Hippie-Festival tragen?»
«Nein, Domink, das sind Hippies, die sind offen für alles. Ich freue mich so!»

17.00

Im mit Hippies vollgestopften Hippie-Shuttlebus das erste Problem: Ein Kinderwagen will einsteigen.
Ein Althippie, lange, graue Haare, ein offensichtlich selbstgestochenes Traumfänger-Tattoo auf der Brust, steht im Weg.
Der Nicht-Hippie-Buschauffeur schreit gestresst durch den Bus: «Achtung, Kinderwagen!» Der Althippie dreht sich in grösster Seelenruhe zum Buschauffeur um: «Keine Sorge. Relax. Erst kommt der Kinderwagen rein, dann mach ich Platz.»
Dominik schaut Valerio verliebt an:
«Das werden die besten drei Tage unseres Lebens!»

18.15

Auf dem Gelände: «Juhui, Dominik! Alles ist so friedlich hier. Nackte Menschen, schau, die machen Yoga. Kleine Kinder. So schön. Und so viele Hunde. Ohne Leine. Alles so frei. Ich liebe Hunde. Und weisst du, was das Beste ist? Barfuss laufen!» Er schmeisst seine Schuhe weg, macht zwei Schritte und tritt in Hundekot.

18.40

Wir suchen den Campingplatz. Wir fragen Helfer. Sie zeigen uns den Weg. Alle zeigen in eine andere Richtung. Wir landen im Backstage der grossen Bühne.
«Valerio, weisst du, was das Gute hier ist? Alles ist so komisch organisiert.»

18.45

«Du kriegst übers ganze Jahr so viel Liebe geschenkt.
Du nimmst die Liebe hier gar nicht mehr wahr.
Du kannst das gar nicht mehr wertschätzen.»

18.50

«Crêpes. Kinder. Specksteine. Das ist ja wie ein grosser Steinerschul-Märit!»

18.55

Ein Mann sitzt vor seinem Zelt. Vor ihm ein Tischchen.
Auf dem Tischchen ein Glas, ein Plüschtier, eine Pfanne, daneben ein Stock, an dem eine Rolle WC-Papier hängt.
Mit Leuchtstäbchen spielt er Xylophon auf diesem Instrument. Es klingt gut.
Aber es ist Playback.
Aber Valerio merkt es nicht.
Plötzlich spielt der Mann mit den Leuchtstäbchen auf seinem Schritt.
Valerio staunt wie fucking blöd.
Dominik zupft Valerio am Ohr. «Wir gehen, Valerio, die Musik kommt aus einem Böxli.»

19.00

Endlich: **FESTIVALMODUS ON.**
Wir tragen unseren neuen Federschmuck. Stolz.
Eine Frau stellt sich uns in den Weg.
«Was sind das für Federn?»
«Vogelfedern.»
«Dafür mussten Tiere sterben. Ist euch das bewusst?»
«Aber wir haben sie mit Heissleim gebastelt.»
«Ich finde das nicht okay.»
«Aber ist das nicht wie bei Fallobst? Werden die nicht am Boden zusammengelesen?»
«Nein. Ihr kommt besser an meinen Stand. Dort drüben. Für die Tiere.»
Sie zeigt uns das Peace-Zeichen: «Das V steht für ‹vegan›.»

19.25

Um unser Gewissen zu beruhigen, kaufen wir einen veganen Döner. Lecker.
«Gell, Valerio, dafür mussten jetzt wirklich keine Tiere sterben.»
«Ja, Dominik. Ab jetzt machen wir alles richtig.»
Plötzlich steht die Verkäuferin neben uns.
«Vielleicht habt ihr gemerkt, dass wir euch gerade zehn Minuten lang angestarrt haben.»
Valerio errötet: «Nein?»
«Warum tragt ihr diese Federn? Das ist kulturelle Aneignung. Native People. Genozid. Ist euch das bewusst?»
Valerio stotternd: «Aber wir haben sie mit Heissleim gebastelt.»
«Das ist diskriminierend. Und übrigens, du trägst ein Shirt aus Ghana.»

19.45

«Valerio, noch nie habe ich so viel Intoleranz erlebt wie hier.»
«Ja, das stimmt.»
«Wir müssen noch so viel lernen, Valerio.»

20.00

Nachdem wir gemerkt haben, dass der Federschmuck nicht beliebt ist, wollen wir ihn verkaufen. Verkaufsstrategie: «Dominik, kürzlich habe ich ein Marketingbuch gelesen: Dinge zu verkaufen ist ganz einfach. Wir müssen einfach ein Geheimtipp bleiben. Coolheitsfaktor! Man darf uns nicht einfach so finden. Underground! Am besten verkaufen wir den Schmuck ausserhalb des Festivalgeländes. Oder hinter einem Busch. Das funktioniert immer!»

20.40

Wir laufen durch den Hippiemarkt. «Valerio, STOPP! Ich muss da hin. Die verkaufen Traumfänger. So einen will ich!»
Valerio lacht. Dann nicht mehr. Dann ängstlich: «Dominik, gell, du meinst das ernst, oder?»

21.12

Am Boden im Chai-Zelt. Ein empathischer Hippie: «Hey, wo ist euer Federschmuck? Ich hab euch vorhin damit gesehen.»
«Wir tragen ihn nicht mehr. Das ist kulturelle Aneignung.»
«Ach, das stimmt doch nicht. Ich bin zum Beispiel auch gegen Konsumkritik. Schlussendlich macht es ja nichts, ob ich in den ‹McDonalds› gehe oder nicht. Völlig egal.»
«Willst du uns den Federschmuck abkaufen?»

23.30

Bei der Piratenbar. Grosses Schild verspricht: HUGO für sechs Euro.
Valerio: «Ich nehme einen Hugo.»
Barkeeper: «Du kriegst keinen Hugo.»
Valerio: «Warum? Wegen des Federschmucks?»
Barkeeper: «Hugo ist kein Getränk. Trink einen Moscow Mule.»
Valerio: «Dann nehm ich einen Gin Tonic.»
Barkeeper: «Darauf gibts 'nen Shot! Für alle!»
Er ist der beste Barkeeper, den wir an dieser Bar schon getroffen haben.

FREITAG
09.10

Dominik wacht auf. Valerio ist schon wach.
«Valerio, wann bist du gestern schlafen gegangen?»
«Heute.»
«Schläfst du überhaupt?»
«Schlafen ist für mich was Soziales. Ich mache das nur aus Solidarität mit den anderen Menschen.»

11.30

«Dominik, schau. Ein Batik-T-Shirt-Workshop. Mega cool! Und schau: Henna-Tattoos zum Selbermachen. Und da! Mega schöne tibetanische Gebetstücher.
Komm, wir kaufen alles!»
«**HALT**! das ist eine Falle! Kulturelle Aneignung!»
Phu, das war knapp.

13.00

Zwei Althippies diskutieren über die Konzerte ihrer Jugend. «Jimi Hendrix ... Patti Smith ...
David Hasselhoff ...» Dann lachen sie.
«David Hasselhoff? Der ist ja auch schon tot.»
Valerio und Dominik geschockt: **«WAS?!»**
«Ja, der ist tot. Schon lange.»
Beide Männer lachen. Sie gehen. Wir googeln.
Hasselhoff lebt.

DAVID HASSELHOFF LEBT!

13.30

Ein Security sitzt gelangweilt auf dem Geländer beim Eingang. Um den Hals ein «Free Hugs»-Schild.
Ein Mann kommt zu ihm und will ihn umarmen.
Der Security lehnt ab.

15.00

Nebenbühne. Band. Normale Bestückung: Zwei Schlagzeuger, ein Sänger. Der Sänger: «Ihr kennt vielleicht den Film von Whitney Houston: ‹Bodyguard›. Den Song: ‹My Heart Will Go On›. Den spielen wir jetzt.»
Hinter uns fährt ein Longboard durch den Staub.

16.00

«Du, Valerio, dürfen sich Hippies bei dieser Sonne eigentlich eincremen?»
«Keine Ahnung, ich mach das jedenfalls nie. Ich finde das dumm.»
«Hast du dann keinen Sonnenbrand?»
«Doch, oft. Einmal hatte ich so einen festen Sonnenbrand, dass eine ganze Woche lang Eiter aus meiner Kopfhaut lief.»

16.35

Zufällig trefen wir Andy Strauss. Andy Strauss diskutiert mit einem T-Shirt-Verkäufer. Andy Strauss:
«Reisst du deine Ärmel oder schneidest du sie?»
«Ich schneide sie. Das sieht meistens gerissener aus. Wegen der Fransen.»

17.30

An der Bar. 68er-Hippie:
«Hey, ich hab kein Geld, ich bin Zechpreller, ich brauch 'nen Humpen.»
«Wasser kriegst du!»
«Ja, Wasser will ich.»
Er bezahlt und geht.

18.00

«Tschuldigung, wie teuer ist dieses Hemd?»
«45 Euro.»
«Hui, das ist aber schon noch teuer.»
«Ja, aber es ist selbstgemacht.»

Betretenes Schweigen zwischen Dominik und Valerio. Dann flüstert Valerio:
«Aber wenn es selbstgemacht ist, dann können wir es ja auch selbermachen.»

18.30

«Weisst du, Dominik, es ist mega schwierig und ich zweifle ja auch immer wieder. Man muss aufpassen, was man hier schön findet. Man muss sich immer fragen, wenn man bei Hippies einkauft: Eignen sich die Dinge auch für die echte Welt?»

SAMSTAG
10.00 Uhr

Frühstück. An uns laufen mega viele Leute mit Gitarren vorbei. Irgendetwas ist hier los. Wir folgen der Meute. Gitarren-Workshop auf der Freak-Stage. Einer steht auf der Bühne. Er stimmt Gitarren. Gitarristen aller Länder vereinigen sich: «Ich gebe euch mal ein schönes, rundes A.»

10.10

Gitarren stimmen nicht, darum müssen sie gestimmt werden. Alle bringen ihre Gitarre nach vorne und lassen ihre Gitarre stimmen. Einer bringt eine rosarote Ukulele. Das ist auch okay. Hinter uns aus dem Publikum: «Endlich werden die Gitarren gestimmt. Ich lauf jetzt seit zwei Tagen durch das Gelände und die Gitarren klingen alle so falsch.»

10.50

Dominik in der Dusche. Unisex. Der Spiegel hängt zu hoch. Ein Hippie, ein weiblicher:
«Du, du bist auch ohne Spiegel schön!»
Das ist Dominik unangenehm, glaubt er, weiss es aber nicht, weil er nicht sehen kann, ob er jetzt rot wurde, weil der Spiegel zu hoch hängt.

11.00

«Ihh, so hässlich. Die Toiletten waren nicht geputzt. Und Toilettenpapier hat es hier auch keines.
Die Hippies klauen das immer. Andererseits: Vernünftig. Toilettenpapier sollte man immer auf Vorrat haben. Man weiss ja nie, was passiert.»
«**WAS?!** Es gibt Toiletten auf dem Gelände?»
«Valerio, wir sind jetzt zwei Tage hier.»
«Ich habe da so eine Fähigkeit entwickelt. Auf Festivals muss ich nie aufs Klo. Drei Tage. Relax. Easy.»
«Wir sind aber vier Tage hier.»
«FUCK!»

Zwei Hippies laufen vorbei und gucken böse.
Valerio ängstlich: «Ich habe nicht geflucht. Wirklich nicht. Alles ist schön hier. Ich bin so glücklich. Wirklich.»

12.00

Leute neben uns: «Wo finden wir Gras und Crushed Ice?»
«Geh mal zum Reggae-Zelt. Oder zum astrologischen Notfalldienst.»
«Reggae-Zelt für Gras oder für Crushed Ice?»
«Für Crushed Ice.»
Die Leute zu uns: «Habt ihr Gras?»
«Nein, wir nicht. Aber da drüben war vorhin ein Hippie.» Wir zeigen in alle Richtungen.

14.00

Eine Spendensammlerin spricht uns an.
Valerio: «Hey, wir sind hier gar nicht in der Innenstadt.»
Spendensammlerin: «Wir sammeln für Pinguine in Not.»
Valerio: «Funfact: Pinguine vergewaltigen ihre Kinder – aus Spass.»
Spendensammlerin: «Aber der Plastikmüll ...»
Ein Hund läuft vorbei.
Valerio: «Oh, ein kaputt gezüchteter Wolf!»

16.00

Nachdem wir uns bereits sechsmal für unseren Federschmuck erklären mussten, sind wir es langsam leid.
Ein Hippie kommt zu uns: «Hey, ihr, hattet ihr vorgestern nicht diesen Federschmuck? Wo ist er? Was waren das für Federn?»
«Ah, das waren Federn von unseren eigenen Hühnern. Zuerst rupfen wir ihnen die Federn bei lebendigem Leibe raus, dann zünden wir die Hühner unten an.»

21.00

Gespräch am Pissoir:
«Gut, dass es die Dinger hier gibt.»
«Ja, aber die laufen schon über.»
«Einfach so einen Kubikmeter vollgepullert.»
«Dito.»

23.15

Rockkonzert. Mitten im Song fällt die Band auseinander. Kurze Verwirrung. Dann tritt der Gitarrist andächtig ans Mikrofon: «Tschuldigung. Ich habe mich verditscht.» Die ganze Band entschuldigt sich. Ein Althippie hinter uns: «Kein Problem. Relax.»

SONNTAG

01.00

«Valerio, wir sind nur noch neun Stunden hier und wir haben immer noch 250 Euro. Die kann ich in der Schweiz gar nicht brauchen. Was machen wir damit?» «Dominik, ich habe den perfekten Plan. Zuerst schletzen wir einen veganen Döner runter, dann bechern wir uns Shots rein, mit dem Restgeld römern wir uns ein paar Gin Tonics hinter die Rüstung und dann schädeln wir krank ab.»

03.00

«Ist Sterben eigentlich kulturelle Aneignung von Toten?»

10.00

Anstehen für den Shuttlebus nach Hause. Hippiemaskeraden fallen. Die ersten wechseln ihre Hanfkleidung durch H&M-Shirts aus. Traumfänger werden verbrannt. Jemand trinkt Hugo. Neben uns in der Schlange: «Das Festival war soo gut! Ich hab drei Tage mit 87 Prozent Akku durchgestanden.» «Und jetzt, Dominik: Hochkultur!»

HASSELHOFF
saved my Life

NEUHEIT

Shisha Rauchen
Kaffee
Türkischer Apfeltee
Arabischer Minztee
Chai
heiß o eisgekühlt
B-94

PARADOR

WIR
HELFEN
MACHEN
Gartenparadies
Für alles, was grünt und blüht.
Gartenparadies
Aktuell
36.95
Aktio
299.-
Super-Preis
39.95
Super-Preis
49.95

2019

www.gruyere.com

RO

AL

TATTOO

WEINMESSE BASEL

15.20

Im Eingangsbereich: «Die Leute torkeln ja gar nicht.»
«WO KRIEGT MAN GLÄSER?!»
«Gläser? Wofür? Wein kommt doch in Flaschen.»
«Oder Tetrapacks.»
«Das ist Sangria.»
«Stimmt, mein Lieblingswein, juhui!»
Neben uns bekreuzigt sich einer; einer rennt weg; eine Frau spricht uns an:
«Wollt ihr bei unserem Seminar mitmachen? Danach wisst ihr alles, was es über richtigen Wein zu wissen gibt.»
«Haben Sie Sangria?»
Ihr Blick verböst sich: «Nehmt jetzt Platz!»

15.23

Kurz vor dem Weinseminar. Neben uns zwei Männer. Sie flüstern laut:
«Bei Weisswein ist das ganz einfach. Du musst einfach immer sagen, es schmecke nach grünem Apfel, das stimmt immer!»
Ein Mann klärt seine Frau auf:
«Zuerst einschenken, den Wein kurz atmen lassen. Dann das Glas langsam zur Nase führen und zufrieden riechen. Ein bisschen schwenken, aber nicht zu fest, sonst verirrt sich der Geschmack. An der Art, wie es am Glaskristall tränt, kannst du bereits vieles ablesen. Das Glas gelegentlich ins Gegenlicht halten. Schauen, ob es Stückchen hat. Erneut schwenken, dann nochmals riechen. Wenn du den Geschmack in der ganzen Nase spürst, nimmst du einen leichten Schluck, aber nur nippen. Bevor der Wein an deinen Gaumen schwappt, lässt du ihn kurz im Mund ruhen.»
«Aber Martin, was genau kann ich an der Art, wie es am Glaskristall tränt, ablesen?»
«Vieles, Schatz.»
«Du, Dominik, wie kann sich der Geschmack verirren?»
Dominik ist gestresst und schmeisst sein Glas in eine Ecke.

15.25

Der Sommelier schenkt den ersten Wein aus:
«Bei diesem hier spielt uns der Klimawandel in die Karten. Da hatten wir wirklich Glück, dass es so warm war. Jetzt kann man Wein auch in höheren Gebieten anbauen. Diese Qualität spürt man! Spüren Sie es?»
«So, jetzt ist es bewiesen, Dominik. Ich habe es ja schon immer gesagt. Wenn etwas schief läuft, dann musst du dich nur fragen, wer davon profitiert.
Die Sommeliers, das sind offensichtlich die, die den Klimawandel machen. Während wir anderen ertrinken oder verbrennen oder in einer von einem Erdbeben produzierten Erdspalte verschwinden oder sonst irgendwie grausam verenden, je nachdem, sitzen die Sommeliers dann gemeinsam in der Toskana und trinken den perfekten Wein, gepresst aus sonnengewärmten Ozonloch-CO_2-Trauben.»
«Aber Valerio, wenn es der perfekte Wein ist, hat es sich dann dafür nicht vielleicht gelohnt?»

15.30

«Der nächste Wein ist vom Fluss Riviera de Nuevo. Der polarisiert: Die einen lieben ihn, die anderen hassen ihn!»
«Dominik, ich finde ihn ganz ausgezeichnet.»
«Aber Valerio, der Wein hat Zapfen.»
«Zapfen?! Das kannst du doch gar nicht wissen - nicht du!»
Der Weinhändler: «Ohh, bitte entschuldigen Sie, diese Flasche hat Zapfen. Bitte schütten Sie den Wein weg, wir servieren neuen.» Alle schütten den Wein weg. Auch Valerio. In seinen Mund. «Yes: ein Extraglas!»
«Also, wenn Sie finden, Ihr Glas schmeckt jetzt nach Zapfen, dann spülen Sie das Glas aus.»
Weinkenner:Innen geben sich zu erkennen und spülen das Glas aus. Dominik zupft Valerio am Ohr: «Schnell, Valerio, wir dürfen uns nicht als Laien outen. Komm, wir spülen das Glas aus!»

«Dominik, du hast recht, aber wart noch schnell ... Tschuldigung, diese Flasche mit dem Zapfen, also was machen Sie mit dem restlichen Wein darin?»

Yes, zwei Extragläser.

15.34

«Dieser Wein ist noch ein Baby. Er braucht fünf, sechs Jahre, um sich selber zu finden.»
«Siehst du, Valerio, wie bei einem echten Baby. Da kann man echt etwas fürs Leben lernen. Irgendwann werde ich vielleicht Papa werden. Zum Üben kann ich mich mit Wein beschäftigen.»
«Stimmt. Das Tolle ist: Einen Wein kannst du fünf Jahre im Keller liegen lassen. Ein Baby geht da schon nach ein, zwei Tagen kaputt.»

15.38

«Spüren Sie den Film auf den Zähnen? Vielen ist er zu pelzig. Ist er Ihnen zu pelzig?»
Der Sommelier fragt im Kreis herum und zeigt wahllos auf Menschen: «Ist er Ihnen zu pelzig? Und für Sie? Und Sie? Und für dich?»
Alle reagieren verunsichert, schütteln den Kopf, sagen gelegentlich Ja.
Niemand weiss, ob der Wein pelzig ist.
«Eben ... Und dieser Wein, meine Damen und Herren, ist ein kleiner Schmeichler, ein Charmeur. Er ist relativ elegant, hat eine wahnsinnig schöne, dunkle Frucht. Geht richtig in die Tiefe.
Da passiert was.
Ein Geniestreich.
Eine spanische Rosennacht.
Aber merkt euch: Alles, was ich hier erzähle, ist völlig egal. Er schmeckt oder er schmeckt nicht. Mir schmeckt er aber. Darum empfehle ich ihn Ihnen.»

15.45

«Valerio, bist du schon betrunken?»
«Nein!»
«Aber du hältst dein Glas ganz komisch?»
«Ah nein, so macht man das jetzt. Faust um den Stiel. Das ist der neue Style. Weststyle.»
«Das erfindest du doch gerade.»
«Nein.»

15.50

Das Weinseminar ist zu Ende. Niemand applaudiert. Der Sommelier: «Es ist ein bisschen fies. Ich erhalte immer den ganzen Applaus. Aber klatscht doch diesmal nicht nur für mich, sondern auch für die beiden Frauen, die den Wein ausgeschenkt haben: Sarah* und Michelle*.» Ein paar applaudieren. Der Sommelier verbeugt sich.

*Den Namen Sarah haben wir geändert (vorher war er Fabienne). Michelle hiess wirklich so.

15.58

Wir beraten uns.
Valerio planend: «Du musst die Weinhändler und Weinhändlerinnen einfach lesen ...»
Dominik gewitzt: «Du meinst lesen wie die Weintrauben? ... Hahahahaha!»
Valerio schlagfertig: «...»
Dominik erklärend: «C'mon, das war ein guter Gag.»
Valerio eloquent: «...»
Dominik sprachlos: «C'mon, für Poetry Slam würd's reichen!»
Valerio ernüchtert: «...»
Dominik angewütet:
«C'MON, BITTE. BITTE LACH EINMAL! KANNST DU BITTE EINFACH EINMAL LACHEN?!»

Valerio, die Situation rettend: «Ich meinte: Du musst die Weinhändler:Innen verstehen, wenn du Gratiswein willst. Ältere Herren mit Glatze: schwierig.
Junge Burschen und Meitschis mit Strickpullis und dieser gewissen Unsicherheit in den Augen: Da musst du hin. Da kannst du dich abfüllen.»

16.12

«Welchen Wein wollen Sie probieren?»
«Sangria!»
Dominik packt Valerio am Ohr:
«Nein, Valerio. Benimm dich. Entschuldigen Sie bitte. Wir nehmen natürlich Glühwein.»

16.30

«Schauen Sie, wir haben ganz unterschiedliche Trauben. Hier: Cortese, hier Arneis, hier Cabernet Sauvignon, hier Passito und wenn ich ganz ehrlich bin, kann ich euch sagen: Gerade diese Weine sind wie zwei Brüder. Wenn der eine jetzt Peter wäre, dann wäre der andere ... Lasst mich überlegen ...»
Valerio: «Franz?»
Sommelier: «Ha! Genau. Peter und Franz. Wisst ihr, es ist schön, weil die zwei schmecken wirklich so bisschen nach grünem Gras.»

16.42

Valerio: «Ich suche Eiswein?»
Dominik: «Heissleim?»
Valerio: «Eiswein.»
Dominik:

«ES WAR EIN WITZ. OKAY?! EINMAL IN DEINEM LEBEN KANNST DU DOCH EINFACH MAL LACHEN?!»

16.59

Dominik hat aus Versehen gerade zwölf Flaschen Wein für 275 Franken gekauft.
«Gell, Valerio, die hier haben echt ein grosses Glück, dass wir schon betrunken sind!»

17.10

Valerio hält sein Glas weststyle.
Dominik zu einem Weinhändler: «Sehen Sie, der hält sein Glas weststyle, darf man das?»
Der Weinhändler schockiert: «Niemals! Immer mit drei Fingern unten am Stiel!»
Valerio: «Das ist AVANTGARDE!»
Valerio seckelt mit dem Glas in der Hand davon.
Weinhändler zu Dominik: «Können Sie bitte mein Glas zurückholen?»
«Keine Angst, der ist so betrunken, der wird im Kreis seckeln. 3 ... 2 ... 1 ...»
Valerio kommt um die Ecke gerannt:
«Verdammt, hier war ich schon mal!»

17.24

«Du, Dominik, warum schwingst du dein Weinglas?»
«Vom Weinseminar, weisst du das nicht mehr?»
«Nein! Hör sofort auf damit, du spinnst doch!»
«Ich schwinge den Wein, wie ich den Wein schwingen will!»
«Verstehst du denn nicht? Schwingen ist im homöopathischen Prozess des Potenzierens mega wichtig.
Je mehr du schwingst, desto stärker wirkt die wenige Menge an Wirkstoffen im Wein. Beim Traubenlesen landen immer ein paar Insekten im Korb, und in der Verarbeitung dann im Wein - das ist unvermeidbar. Wenn du den Wein schwingst, dann verstärkt sich die Wirkung der Insekten auf den Wein und wenn du zu viel schwingst, dann trinkst du am Ende nur noch Insekt! Das weiss ich von der Esoterikmesse.»

«Nennt man deswegen den geschwungenen Wein auch Sekt?!» «Ja, weil, wenn man Wein schwingt, dann bricht die Luft in kleinen Stückchen in die Wasseroberfläche des Weins hinein. So entsteht eben auch die Kohlensäure. Das weiss ich vom Sodastream!»
«Soda kann man streamen?»
«Ahh, guck, an dem Stand, da kann man Insekten als Apéro-Snacks ausprobieren!»
«Aber Valerio, ich will gar keine Insekten essen!»
«Dann solltest du den Wein eben auch nicht schwingen.»
«Vielen Dank, jetzt habe ich meine Lektion gelernt.»

17.29

«Ich weiss, die Leute hier hassen es, aber ich will jetzt endlich wieder mal ein Glas weststyle halten.»
Neben uns eine Kleinfamilie, das kleine Mädchen stolpert neben dem Kinderwagen her. Im Kinderwagen eine grosse Flasche Rotwein. «Komm, Marie!»
Ein Weinhändler: «Hier, wir haben Wein!»
«Oh, wie überraschend, darf ich mein Glas bei Ihnen weststyle halten?»
«Valerio, wenn du so weitermachst, schwing ich deinen Wein, bis er Käfereier legt. Ui, schau, ein Flyer: Fondue-Weltmeisterschaft. Was ist das?»
«Ganz easy, Dominik: Das ist die Fondue-Weltmeisterschaft.»
«Ah so. Ich frag trotzdem noch diesen Herrn, okay?»
«Nein, ich frage. Was ist das?»
«Wir machen das halt eben in unserem Dorf. Sieben Winzer, 45 verschiedene Fondues, ein Gewinner-Team! Im ersten Jahr 300 Leute, im zweiten 5000, jetzt werden es 8000.»
«8000 und zwei. Wir kommen!»

18.05

Um Alkohol ab- und unsere Hemmschwelle wieder aufzubauen, spielen wir Fangis. Dominik landet in einem neuen Raum: «Hö! Das ist glaub nicht mehr die Weinausstellung.»

«Nein, das ist die Mexiko-Messe.»
«Warum weisst du das?»
«Hier war ich schon. Zweimal.»
«Wann?»
«Na, vorhin, als ich im Kreis geseckelt bin.»
Wir machen das einzig Sinnvolle und suchen mexikanischen Wein. Ein mexikanischer Weinhändler erklärt gerade: «Hier in diesem haben wir fünf verschiedene Weine gemischt.»
Dominik fasziniert: «Das kann man auch machen?»
«Ja, wollen Sie? Ein Becher 5 Franken.»
Dominik kauft zwei Becher. Damit hätten wir auch nicht gerechnet.
«Hui, dafür, dass der so viel kostet, ist der ja mega unfein. Komm, wir gehen lieber zurück zum leckeren Gratiswein.»

18.30

Am Stand für österreichischen Wein. Die Tochter* des Vaters* bedient uns. Alle in Tracht. Dominik bemerkt, dass es der Vater ist, wegen der Augenpartie. Dann sagt die Tochter: «Das ist mein Vater.»
Jetzt bemerkt es auch Valerio, denn jetzt ist es offensichtlich.
«Ich bin der Vater von meiner Tochter. Wir verkaufen an der Messe sicher am meisten Wein. Einmal gab es einen Stand, der hat gleich viel verkauft, aber den gibt's jetzt nicht mehr. Das ist eben wegen unserer Trachten. Klar, die anderen Weinhändler kommen immer und beleidigen uns: ‹Das hier ist nicht das Oktoberfest.› Aber eben: Wir verkaufen am meisten. Mit Abstand. Die anderen sind einfach neidisch.»
Der österreichische Wein bekommt Valerio so gut, dass er das erste Glas sanft verschüttet. Weststyle.

*Namen mehrfach geändert, dann gestrichen.

18.50

Valerio ist betrunken.
«Findest du, dass der Alkohol mir bisher gut getan hat?»
«Das kann ich so nicht sagen.»
«Gut.»
Valerio schnappt sich ein Champagnerglas.
«Also, die Konsistenz der Blöterli, die finde ich äusserst exquisit!»
«Sorry, Sie müssen ihn entschuldigen, das ist Valerio. Er ist eben betrunken. Das merkt man daran, dass er den Wein nicht mehr im Glas halten kann. Seine Zuckungen sind einfach zu stark geworden. Wegen des Weins. Selbst für weststyle. Sehen sie, jetzt hat er grad wieder ein Glas über den Teppichboden geschüttet – weststyle ist eben die Art, wie er das Glas hält. Das ist eben Valerio. Wegen der Kohlensäure. Im Wein. Schwingen Sie einfach keine Gläser. Wegen der Insekten. Von ihm kann man so viel lernen, Valerio. Aber keine Angst, ich schaue auf ihn ... Valerio? ... Valerio? ... Wo ist Valerio?!»
Valerio kommt um die Ecke geseckelt:
«Verdammt, hier war ich schon mal.»

18.54

«Weisst du, Dominik, ich glaube, das Problem ist, so betrunken wie wir jetzt sind, da kann der Bericht gar nicht mehr der Wahrheit entsprechen. Einerseits erleben wir es sicher anders, als es ist, andererseits können wir es gar nicht mehr richtig festhalten.»
«Aber komm, Valerio. Einen glaubwürdigen Schluss kriegen wir noch hin.»

18.55

Vor dem Gelände:
«Weisst du, am Ende des Tages ist oft bald morgen. Ausser morgen, da war das Ende des Tages bereits heute. Was geht dir so durch den Kopf?»

«Trotz der ganzen Weinmesse bin ich mir noch immer nicht sicher, ob Rosé einfach verdünnter Rotwein, verdickter Weisswein oder halb-halb ist.
So oder so, ich werde mich nicht mehr an alles von heute erinneren, aber das, woran ich mich erinneren werde, das wird gut gewesen sein. Und ich weiss nicht, ob es an dir liegt oder am Wein, aber ich glaube, es liegt an mir.»
«Das einzige Getränk, das ich zum Wein heute vermisst habe, war Fondue. Und seit heute weiss ich auch, wo uns die Menschheit das zu bieten hat!»

7

FONDUE-WELTMEISTERSCHAFT TARTEGNIN

15.32

Im Zug:
«Schau mal aus dem Fenster. So schön. Weisst du auch, warum?
Weil es nicht Grenchen ist.»
«Ich schaue schon lange nicht mehr aus Fenstern. Es ist eh grausig. Max Frisch hatte so recht.»
«Wieso? Was hat er gesagt?«
«Alles ist verbaut. Pfui.»
«Apropos: Wie ist das mit dem Weisswein? Vor dem Fondue reinstellen? Nachhänen inegüügelen? Oje, ich bin schon wieder völlig gestresst.»
«Was, Fondue?»
«Wegen der Fondue-Weltmeisterschaft. Da, wo wir hinfahren.»
«Ou ja, stimmt ja.»

16.21

«Weisst du noch, was der Dude an der Weinmesse erzählt hat? Ein Zelt durchs ganze Dorf, 120 Teilnehmende, Fondue, so weit die Geschmacksnerven reichen. Mehr als 10’000 Besuchende. Das sind mehr Menschen, als David Hasselhoff einer ist.»
«Ich erinnere mich nicht, aber mal nüchtern betrachtet: Laut Google Maps müssen wir noch zwei Minuten laufen und hier ist kein Mensch und kein Zelt. Was, wenn wir ins Welschland gefahren sind für nichts!»
«Dann, lieber Valerio, dann hab ich nicht nur kalt, nein, dann bin ich auch noch sauhässig. Ich habe mich für eine Fonduenacht angezogen, nicht für eine Nichtsnacht.»

16.31

Plötzlich vor uns: ein riesiges Zelt! Eine Guggenmusik! Ein Schwubbelmännchen wird vom Windblasegerät herumgeschwubbelt.
«Es heisst nicht schwubbeln!»

«Wie denn sonst?»
«MAGIE! MERKST DU ES NICHT?! ALLES IST WAHR!»
«Wollen wir grad ein Fondue?»
«Wir sind doch nicht so Typen, die gleich das erste Fondue nehmen. Wir nehmen das beste! Valerio?»
Valerio tanzt neben dem Schwubbelmännchen.

16.45

Jemand spricht uns an. Wir verstehen fast etwas.
«Ist es eigentlich immer so, dass die im Welschland französisch sprechen?»
«Ich glaube schon.»
Nun streckt uns jemand anderes zwei Weingläser inklusive Weingläser-Umhängetaschen hin.
Wir nehmen sie gerne. Dann müssen wir zahlen. Weil sie kosten. Dazu gibt es zwei Bons. «Schon noch clever, Dominik, wenn wir die Gläser in diesen Taschen haben, dann fallen sie uns nicht zu Boden.»

16.48

Dominik fällt das Glas aus der Tasche zu Boden.

16.51

«Valerio, wofür sind eigentlich die Bons, die wir erhalten haben?»
«Ich glaube, wenn wir Glück haben, dann können wir damit das Weinglas auffüllen.»
«Oh, demfall hätte ich meine Bons nicht verlieren sollen.»
«Du hast doch schon dein Glas zerbrochen?»
«Weisst du, Valerio, oft hat man das Gefühl, dass, wenn man ein Unglück erlebt, man dann von weiteren verschont bleibt. Aber in solchen Momenten merke ich: Das stimmt einfach nicht.»
Valerio kauft zwei neue Gläser.
«Glück ist, wenn man Geld hat.»
«Hast du jetzt noch Geld?»
«Nein.»

16.48

Wir selbstbewusst: «Bonjour, nous prenons il fondue.»
«Ahh, deutsch? Welche Tischnummer habt ihr?»
Flüsternd: «Dominik, haben wir einen Tisch?»
«Lass mich das machen!
... Ja, wir haben einen Tisch!»
«Ihr habt einen Tisch?»
«Wir haben einen Tisch!»
«Welche Tischnummer hat euer Tisch?»
«46 B.»
«Wir haben keinen Tisch mit der Tischnummer 46 B.»
«Moment, wir kommen gleich wieder!»

17.00

Jemand fragt uns, woher wir kommen, glauben wir. Die Person spricht französisch. Alles, was wir zu verstehen glauben, könnte auch alles andere bedeuten.
«Dominik, warum lernt man das nicht in der Schule?»

17.15

Tisch 17: Unser erstes Fondue. Nicht irgendeines, nein, dieses Fondue holte 2015 Bronze. Ein geschmeidiges Moitié-Moitié, in St. Cerque aus edelstem Caquelon-Material gegossen, gerührt mit den heiligen Kellen von Jean Marc Borloz.
«Schade, dass das nur Dritter wurde, ich hab es nämlich eigentlich gern.»
«Ja, wenn man das weiss, dann kann man das gar nicht geniessen. Auch wenn es das beste Fondue ist, das ich je gegessen haben werde.»

17.21

Fachsimpeleien am Nebentisch:
«Ich mach mein Fondue ja immer mit Prosecco.»
«Das ist hier verboten! Dann rührst du sicher auch eine Acht?»

«Nein, nein, wir rühren immer eine Null!»
«Ahh, Schwingbesentechnik!»
«Rührst du etwa die Acht?»
«Niemals! Man muss in alle Ecken des Caquelons rühren!»
«Es ist nicht so einfach mit diesem Fondue.»

17.32

Anja setzt sich zu uns. Wir kennen ihren Namen, weil Anja sich mit ihrem Namen vorstellt: «Hallo, ich bin Anja.» Anja ist glaubs in der Jury. Wir vermuten das, weil uns Anja sagt, dass sie in der Jury ist: «Ich bin in der Jury», sagt Anja.
Wir also interessiert: «Gell, es stimmt, dass lange Fäden das Fondue erst gut machen!»
«Nein, nicht ganz. Es geht vor allem um den Geschmack und die Geschmeidigkeit.»
«Aber die Käsefäden, die sind doch schon wichtig, oder?»

17.41

«Hey, Dominik, für unseren Bericht brauchen wir noch lustige Erlebnisse. Sag etwas Lustiges.»
«Ähm ... Käse ist ... Also ... Salamander ... Ah! Schwubbelmännchen!»
«Okay, Dominik. Hör bitte auf. Es ist echt nicht lustig, was du da sagst. Ach herrje. **CRINGE.**»

18.00

Tisch 53: Fondue Nummer zwei.
«Unglaublich.»
«Besser als das erste!»
«Aber lies mal: Es wurde nicht ausgezeichnet.»
«Pfui! Nimm du den Rest!»

18.05

Fachsimpeleien am Nebentisch:
«Ganz einfach: Du tunkst dein Brot in den Käse. Dann nimmst du das Brot aus dem Käse. Wenn das Fondue gut ist, dann tropft es ein bisschen. Also lässt du es tropfen. Und beim nächsten Brotstück wieder. Tropfkäse auf Tropfkäse. Und am Schluss hast du dann den perfekten Käseklumpen mit unterschiedlich eingekalteten Käseelementen: Fondueception!»

18.07

Wir sitzen also inmitten dieses riesigen Festzeltes, das über das ganze Dorf gespannt ist. Ein Wagen gefüllt mit geleerten Caquelons fährt an uns vorbei. Die Menge macht sofort Platz, drängt sich an den Rand des Zeltes. Als wäre der Wagen ein Krankenauto mit Blaulicht. Es ist eine der vielen Selbstverständlichkeiten, die einfach in dieses Zelt gehören. Ein Mann mit Pommes will auch durch. Das ist keine Selbstverständlichkeit und gehört nicht in dieses Zelt. Die Menge stellt sich ihm in den Weg.
«Wo hat dieser Mann Pommes her?»
«Das ist ja ekelhaft!»
«PFUI!»

18.15

«Schau dort! Das Weltmeisterfondue 2017, ich schwöre.»
«Ja! Los! Hü! Jetzt! Da! Nimm! Zahl! Yes! Tisch! Schnell!
RÜHREN! TUNK DIE BROTE IN DEN KÄSE!»
Beide rühren lustlos ihre brotbestückten Gabeln im besten Käse auf dieser Kugel, die wir Heimat nennen.
Ihre Gesichter: kreidebleich.
Zu viel Fondue ist einfach auch zu viel.
«Auch wenn es das beste Fondue der Welt ist – es fühlt sich schlimmer an als Pommes essen. Ich finde es gerade so grausig!»

18.17

Plötzlich: Zwanzig mit Kuhglocken bewaffnete Männer bimmeln sich durch die Menge. Man versteht die eigene Hand vor den Augen nicht mehr. Aber es ist halt ein Schweizer Brauch. «Auf, auf, Dominik, diesen Glocken müssen wir gen Süden folgen.»
«Aber wie?»
«Wie alle anderen: im Guggenmusig-Marsch hinterhertäppelen!»

18.30

Die Glocken führen uns zum Herzstück des Zeltes. Alles hier ist ein bisschen erhöht. Und voller Menschen. Voller mega vielen, vollen Menschen.
Das Finale. Die letzten vier Teams käsen sich um den Weltmeistertitel. Die Stimmung brodelt, der Käse schmilzt: Dichtgedrängte, schwitzende Fans stemmen selbstgebastelte Riesenfonduegabeln in die Höhe.
Ein Jodelchörli jodelt die Stimmung ein. Futuristische Fondue-Caquelon-Wägelchen werden vor die Menge gekarrt. Mitstreitende betreten die Bühne, die Jury betritt die Bühne, verschiedene Moderierende betreten die Bühne. Mehrere Mikrofone sind gleichzeitig im Einsatz. Es scheint Favoriten zu geben. Auf der Bühne wird gefachsimpelt. Interessant. Das Rühren beginnt!

18.35

Ein aufmüpfiges Teammitglied von Team 2 stellt sich vorne an den Bühnenrand und rührt sein Fondue schamlos über den Köpfen der Zuschauenden. Immer wieder lüpft er seinen Schöpflöffel in die Höhe, lässt seinen Käse zart ins Caquelon zurücktropfen und ruft Dinge, die wir so noch nie gehört haben. Menschen aller Kantone himmeln ihn an. «Wenn ich hier alles richtig beobachtet habe, dann muss dieser Fonduemacher berühmter sein als David Hasselhoff.»

18.43

Valerio versucht immer wieder, Fondue-Fangesänge anzureissen: **«FONDUE, FONDUE!»**
Niemand macht mit: «Schiri, wir wissen, wo du dein Fondue rührst!» Niemand macht mit. Strategiewechsel. Beatles geht immer: «In the town, where I was born, lived a man, who ate fondue.» Niemand macht mit. «We don't need no raclette, let the motherfucker burn, burn, motherfucker, burn!» Niemand macht mit. Ahh, Schweizbezug, letzte Chance: «S'git Lüt, die würden alletwäge nie, es Fondue rüehre, so wien ig jitz hie, eis rüehre um kei Prys, nei bhüetis nei, wil si Raclette lieber hei.»
Einer vor uns dreht sich um:
«Also, weil sie Arschlöcher sind, ganz einfach gesagt.»

18.46

«Dominik, das kann man mit jedem Song, zumindest jedem von Queen:
‹**WE WILL, WE WILL FONDUE! IT'S A KIND OF FONDUE! ANOTHER ONE BITES THE CHEESE!**›»

18.50

Der Gruyèrevertreter greift sich das Mikrophon und steigt auf die Bühne. Alle im Publikum eskalieren. Neben uns ruft einer:
«Exzellent! Gruyère! Hopp Gruyère!»

18.56

«Dominik, ich hab dir das noch gar nie gesagt, aber: Ich bin glaubs laktoseintolerant. Es flatuliert noch nicht, aber das könnte jeden Moment passieren. Wir sollten gehen. Jetzt.»
«Aber das Finale, Valerio? Wir können hier auf keinen Fall weg. Wir bleiben. Ohh, Valerio, schau dort! Eine seltsame Öffnung in der Zeltwand. Ist es Narnia?»

«Ist es ein WC?»
Wir treten hindurch. Wir können es selber nicht glauben, aber wir stehen offenschmecklich im Burgerzelt. Mit Kindern belastete Kleinfamilien sitzen beschämt auf Bänken. Niemand redet. Hinter vorgehaltener Hand stopft man sich hampfelweise Pommes in die Münder. Die von schlechtem Gewissen geplagten Augen zucken hin und her. Die Angst, erkannt zu werden, ist gross.
«Dominik, Pommes am Fondue-Festival. Wie krank muss man eigentlich sein?»

18.53

«Noch 'ne Cola dazu?»
«Hallo?! Ich bin hier an der Fondue-Weltmeisterschaft. Hier trinke ich Weisswein. Vielleicht Kirsch. Aber eine Cola?! So schätzt du uns ein?», denkt sich Valerio mit einer Portion Pommes in der Hand und sagt: «Ja gerne, eines.»

19.02

Valerio getraut sich mit der Portion Pommes nicht mehr in den Käsebereich.
«Vielleicht werden wir da ja verprügelt!»
«Wir haben Schlimmeres erlebt. Weisst du, zum Beispiel damals? Oder damals? Komm jetzt, Valerio.»
«Nein, Dominik, ich traue mich wirklich nicht. Ich mein das ernst.»
«Dann isst du zuerst die Pommes und dann gehen wir wieder zurück, okay?»
«Nein, ich kann die Pommes nicht essen. Ich habe keinen Hunger. Wegwerfen will ich sie auch nicht und im Rucksack haben sie keinen Platz. Es tut mir leid, Dominik, wir müssen gehen.»

«VALERIO! WIRKLICH?! WIR GEHEN SICHER NICHT. WIR KÖNNEN DEN BERICHT AUF KEINEN FALL JETZT SCHON BEENDEN.»

8

TROPICAL ISLAND SÜDLICH VON BERLIN

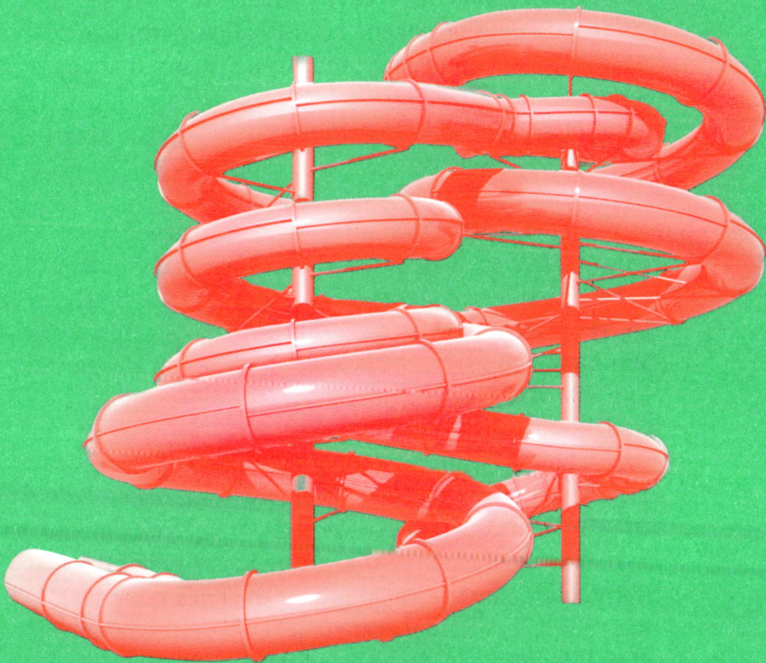

08.00

«Valerio, weisst du noch, damals? Der schlimme Streit nach der Fondue-Weltmeisterschaft? Wahrscheinlich sind wir jetzt Erzfeinde. So schade eigentlich.»
«Weisst du, was uns hilft?»
«Nein.»
«EIN LUFTSCHIFFHANGAR!»
«Wie gross?»
«100'000 Quadratmeter! Und drin der grösste tropische Indoor-Regenwald der Welt, 27 Grad, riesige Saunalandschaft, ein fliegender Heissluftballon, Flamingos, Sandstrand, Campingplatz, und Tom Cruise war auch schon da.»
«Stimmt, das könnte uns helfen.»

09.00

«Aber Valerio, haben wir alles, was wir brauchen?»
«Also, Badetuch, Badehosen und ein bisschen Proviant habe ich vergessen. Aber schau, dafür habe ich diese Unterwasserkamera.»
Wir klemmen im überfüllten Shuttlebus zum Hangar. Ein Vater klopft sich selbst auf die Schulter. Sein Gesichtsausdruck sagt:
«Heute gönn ich meinen Kindern was.»
Zwei vorfreudige Klassen sorgen für Stimmung.
Die eine Klasse singt kollektiv Lieder mit Lyrics, die sie so nicht singen dürften. Die andere Klasse besteht aus Individuen: Tim* versucht mit einem Trick seine Badehosen schon im Bus anzuziehen.
Meral* betätigt den Stoppknopf. Mit der Stirn. Regelmässig.
Martina* wagt ein Experiment: Sie öffnet das Joghurt verkehrt herum. Der Inhalt verteilt sich unter anderem auf Dominiks Handtuch.
Die junge Klassenlehrerin sagt nichts. Ihr Gesichtsausdruck sagt: «Ist das nun mein Leben?»

*Die Namen entsprechen nicht den Namen der Kinder. Glauben wir zumindest, denn wir kennen die Namen der Kinder nicht. Wir entschuldigen uns deswegen vorsichtshalber, falls sie zufälligerweise stimmen.

09.30

Nach dem Kassengelände wagen wir uns in das Schliessfachgelände. Weite, verschachtelte Gänge erstrecken sich vor uns.
«Valerio, was machst du da?»
«Diese Brotkrümel streue ich, damit wir hier zu gegebener Zeit wieder rausfinden.»
Valerio tippt mit dem Zeigefinger auf seinen Kopf und sagt: «Köpfchen, Dominik, Köpfchen.»
Aus der Ferne hallt eine verlorene Knabenstimme in Moll durch die Gänge: «C-c-cause I'm ha-happy.»

09.58

Endlich drin. Dominik will zu den Rutschen. «Aber wo sind sie?»
«Dominik, komm! Wir schliessen uns einfach dieser rennenden Horde Kinder an.»
Dann sind wir da. Rutschen in allen Farben und Grössen. Ein erwachsener Mann rutscht die Kinderrutsche herunter und spritzt alle Kinder nass. Ein Bub rennt davon und meint lachend: «Ich hasse mein Leben!»

10.10

«Valerio! Diese Rutschbahn ist so steil, da gehen wir jetzt drauf.»
«Au ja, Ich wollte schon immer mal auf solch eine Rutsche. Wuhu!»
«Toll, gell! Aber jemand von uns muss ja auf die Sachen aufpassen. Ou Mann, voll blöd. Jetzt musst ausgerechnet du unten bleiben. So schade für dich. Tut mir voll leid. Also ich geh jetzt. **WUHU. ICH LIEBE MEIN LEBEN!**»

10.12

Valerio wartet. Vor ihm fachsimpeln zwei Kinder: «Eine Rutschbahn ist ja gerade deswegen so toll, weil man da nicht selber schwimmen muss.»
Valerio ergänzt väterlich: «Ja, das stimmt. Auf Rutschbahnen kann man so viele andere Sachen machen. Telefonieren, lesen, eine Hochzeit planen. Sowieso, plötzlich heiraten alle. Vor ein paar Jahren waren Hochzeiten noch ein Tabuthema. Apropos: Mein Freund ist gerade auf der Rutsche. Ich passe eben auf seine Sachen auf. Schaut, er hat zum Beispiel dieses Handtuch. Es ist voll Joghurt. Ich hoffe, er kommt bald wieder.»

10.20

«Hey, Valerio, das ist die beste Rutsche, die ich je runtergerutscht bin. Unbeschreiblich irgendwie. Wart, ich versuchs trotzdem: MEGA GEIL. Aber schau, wir müssen jetzt weiter. Es gibt hier einfach zu viele Sachen, die man machen kann, da können wir nicht zu lange an einem Ort bleiben. Zum Zmittag will ich ein Eis essen.»

10.30

Das klassische deutsche Handtuch: So viele Liegestühle sind frei und besetzt gleichzeitig. Schrödingers Liegestuhl!

10.50

Ein Pärchen neben uns im Wildwasserkanal: «Siehst du den Bademeister da, er ist perfekt. Sein Kinn, seine Wangenknochen. Einfach perfekt!»
«Ja, er sieht aus wie der junge Stalin. Seine Ohren sitzen genau da, wo Ohren immer sitzen sollten. Ein Traum!»
«Wenn ich so tue, als ob ich ertrinken würde, meinst du, er würde mich retten?»

Mehr verstehen wir leider nicht. Die Strömung treibt uns weiter – am Bademeister vorbei. Er ist perfekt. Sein Kinn, seine Wangenknochen, seine Ohren. Valerio tut so, als würde er ertrinken. Dominik rettet ihn.

«NEIIN DOMINIK! EBEN NICHT! RETTE MICH BITTE NIE WIEDER!»

Dominik lässt sich beleidigt wegtragen.
Der Bademeister rettet ihn.

11.30

Endlich Spabereich. Endlich Entspannung.
Endlich Sprudel-Massage-Becken. Aber, oh nein.
Alles voller Kinder. Kleine Kinder. Kleine Kinder mit ihren kleinen, kräftigen Fäustchen und Füsschen, die sie überall reinrammen. Ein Schnorchelrohr fliegt zwischen unseren Köpfen durch.
Entspannungslevel: IKEA-Bällebad.

12.00

In der Schlange vor der Essensausgabe:
«Gerne einmal Chili Cheese mit Jalapeños.»
«Sie meinen Jalapeños?»
«Nein, man sagt Jalapeños.»
«Nein, eigentlich sagt man schon Jalapeños.»
«Aber meine Nachbarin ist aus Spanien. Die sagt: Jalapeños!»
Valerio: «Sagt man nicht einfach Jalapeños?»
«Nein! So ganz sicher nicht.»
«Oje, das habe ich ja noch nie gehört.»
Herablassend werden Köpfe geschüttelt.

12.10

Am Tisch links von uns isst eine Familie ihr Zmittag.
«Trinke ich eigentlich gerade Bier?»
«Nein, Jakob, du trinkst Apfelschorle.»
Plötzlich Geschrei von rechts:
«Zieh, zieh, zieh, zieh!»
Eine Familie feuert einen kleinen Jungen an, der gerade Slushed Ice aussaugt. Dann freezt sein Brain unter schmerzverzerrtem Gesicht ein. Der Vater lacht.
«Dominik, genau solch eine Familie habe ich mir immer gewünscht!»

12.15

«Valerio, warum sind all die Kinder hier so ruhig?»
«Du musst nur genau hinschauen, die haben alle Slushed Ice. Ihre Brains sind gefreezt. Slushed Ice: Das Ritalin von Tropical Island.»

14.10

«Au, Solarium! Da drin war ich noch nie.»
«Zum Glück. Da sind nämlich schon viele gestorben dabei. Ich hab das mal auf Youtube gehört. Die verbrennen da regelmäßig drin. Ich muss alle Informationsschilder lesen, die es hier gibt.»
Ein kräftiger Mann zieht an einer Schnur einen fliegenden Heissluftballon vorbei. Im Korb ein Pärchen mit drei GoPro-Kameras. Gestresst schwingen sie ihre Kameras in alle Richtungen. Valerio flüchtet ins Solarium.

14.50

«Dominik! Gonzo! Wir brauchen mehr Geschichten. Ich recherchiere jetzt. Das Becken hier: Das ist eine Goldgrube, ich schwöre!»
Valerio taucht ab. Krokodilpose. Nur noch Augen und Ohren über Wasser. Er schleicht durch die seichten Gewässer und beobachtet gekonnt.

Hin und wieder verharrt er lauschend direkt neben dem Schauplatz skurriler Begebenheiten – des Kinderbeckens. Die Mamis sind auf der Hut. Dominik zieht Valerio aus dem Becken.

«Valerio, manchmal hast du einfach kein Gespür für die Welt.»

15.20 Uhr

«Dominik, ich war noch nie in der Nacktsauna. Es ist so schwierig. Dieser Mann da. Er sieht aus wie eine Statue. Aber er ist echt. Darf ich da jetzt hinschauen?»
«Wohin?»
«Dahin!»
Valerio zeigt auf den Penis.
«Hmm, schwierig zu sagen. Die Frage ist aber glaubs eher: Darfst du deine Unterwasserkamera so offen herumtragen?»

16.15 Uhr

«So, Valerio, schau, bevor wir gehen, machen wir noch ein AirBrush. Etwas, das bleibt. Da, bei diesem Stand. Ich lade dich ein ... Sie, Grüezi, wir sind aus der Schweiz, darum hätte ich gerne diese Ananas, die Sie auf dem Arm haben, die ist schön. Und Valerio, Valerio nimmt dieses Herz da, wo ‹Mom› drin steht, auf den Nacken.»
«Aber ich will doch lieber ...»
«Wer zahlt, Valerio?»
«... das Herz ist toll.»

17.30 Uhr

«Dominik, irgendwie gefällt mir das Herz. Meinst du, hier kann man irgendwo echte Tattoos stechen lassen? Dominik? Dominik?!»
Dominik hat die Scheinwelt von Tropical Island längst hinter sich gelassen.

Mit einem Boot segelt er dem Horizont entgegen.
Immer weiter und weiter.
Plötzlich sticht sein Boot in eine Wand. Da ist kein echter Himmel, keine echten Wolken. Da ist nur eine Leinwand. Dominik stöhnt auf. Tieftraurige Klaviermusik setzt ein. Dominik wirft sich verzweifelt und in Zeitlupe gegen den aufgezeichneten Himmel.
Ungezählte Kinder schauen ihm geschockt zu.
Valerio zieht ihn aus dem Boot.
«Dominik, wo willst du hin?»
«Valerio, hier ist alles fake, hier ist nichts real!»
«Aber Dominik, du bist real. Hör zu, Dominik:
Da draussen findest du nicht mehr Wahrheit als unter dieser Kuppel. Da draussen gibt es dieselben Lügen, denselben Betrug. Aber in dieser Welt hier hast du nichts zu befürchten.»
«Valerio?»
«Dominik?»
«Gell, das hier ist kein Film, keine Fiktion?»
«Nein, Dominik, das hier, das ist echt.»

9

SEXTOURISMUS THAILAND

«Dominik, ich habe wieder gegoogelt. Für unsere nächste Reise musst du mir einfach vertrauen. Danach wissen wir aber definitiv, was die Menschheit sonst noch so zu bieten hat. Wir gehen zum Sextourismus nach Thailand.»
«Das machen wir auf keinen Fall. Das geht zu weit.»
«Ich hab eben schon gebucht. Wir fliegen an einem Donnerstag, im Sommer dann.»
«Okay. Aber dann kaufen wir uns am besten noch einen Lonely Planet, studieren ihn ganz genau und machen alles, was drin steht, definitiv nicht.»

EIN TAG SPÄTER

«Meine Mutter hat mir gesagt, dass wir nur Gekochtes und Früchte mit Schale essen dürfen.»
«Mein Freund hat mir gesagt, dass alles gar nicht stimmt. Er war sieben Monate in Thailand, hat immer von der Strasse gegessen und hatte nur zwei mal Durchfall.»
«Mein Nachbar hat mir gesagt, dass es in Thailand nur etwas Gefährliches gibt: Den Verkehr. Auf der Strasse und im Bett.»
«Mein Fahrlehrer hat mir gesagt, dass in Thailand viele Touristen ermordet werden.»
«Meine Grossmutter hat mir gesagt, dass man die Flieger nach Thailand ‹Bumsbomber› nennt.»
«Ich glaube, wir sind gut vorbereitet. Ich freue mich.»
«Aber halt! Müssen wir uns impfen lassen?»

TAG DER ABREISE
16.00

Am Flughafen. Baggage-Drop. Dominik zu Valerio:
«Oh nein, ich habe meinen Schlafsack vergessen.»
«Mach dir keine Sorgen, Dominik. Ich habe meine Ersatzunterwäsche vergessen, aber mein Zahnarzt hat gesagt, dort wo wir hingehen, können wir alles kaufen, was wir wollen.»
Frau am Schalter, neugierig: «Jetzt bin ich aber gespannt, wo ihr hingeht.»
Wir zeigen die Tickets.
«Ah, Phuket, Thailand,
da kann man wirklich alles kaufen, was man will.»

16.10

«Dominik, tut mir leid. Ich rede immer so viel, wenn ich mittelpositiv vorfreudig bin.»

17.15

Valerio trinkt seine letzte Rivellaflasche leer.
«Das hat sowas Zeremonielles, der letzte Schluck Rivella: Unserem Land Tschüss sagen, hier wo alles funktioniert, wo alles geregelt ist. Wo hats hier eine PET-Sammlung? Muss ich diese Flasche jetzt in den Abfall werfen? Das mache ich sicher nicht! Aber ich muss wohl.»
Valerio wirft die Flasche in den Abfall.
«Hey Dominik, das ist so umweltschädlich. Ich versteh das einfach nicht.»
Wir steigen ins Flugzeug.

17.40

Im Flugzeug: Der Motor startet. Dominik ängstlich:
«Dieses Flugzeug klingt aber irgendwie komisch, gell?»
«Solange wir vor dem Abheben abstürzen, ist alles in Ordnung.»

19.25

Die Flugbegleiterin verteilt Pommchips-Päckli. Valerio und Dominik hocherfreut: «Wow. Danke vielmals! Mega lieb!» Die Flugbegleiterin verschrickt: «Warum seid ihr so lieb? Hier nehmt nochmals eine Packung.» Valerio schreibt in sein Notizbüchlein: «Manchmal wenn man lieb ist, bekommt man zwei, anstatt einfach nur eines.»

19.35

«Hey Valerio, es ist so kalt in diesem Flugzeug.»
«Ja, irgendwer muss wohl ein Fenster offen gelassen haben.»
Dominik nickt.
«Verstehst du den Gag, Dominik?»
Dominik nickt.
«Der Gag ist, Dominik, dass wir an einem Ort sind, wo man gar kein Fenster aufmachen kann.»
Dominik lacht schallend.

19.50

Die Flugbegleitung kommt zurück: «Und ihr? Bangkok? Bisschen reisen?» «Nein, nein. Wir gehen nach Phuket zum Sextourismus.»
«Ah klar, das habe ich mir gleich gedacht.»
«Also eigentlich sind wir Slam-Poeten und wollen einen Bericht schreiben.»
Die Flugbegleitung lacht: «Also das glaube ich euch wirklich nicht.»

20.30

Die Flugbegleiterin bringt das Essen.
«Was schreibt ihr da?»
«Eben, Notizen für den Bericht.
Du kommst wahrscheinlich darin vor.»

«Ich würde aufpassen, wenn ich euch wäre. Ich habe eine Liste mit allen Namen hier - ich finde alles über euch raus! Aber Sextourismus ist spannend. Zum Beispiel hier im Flieger. Man sieht genau, wer da hin geht. Die mit den hässlichen Hemden.»
Dominik schaut auf Valerios Hemd: «Du.»

22.00

Die Flugbegleiterin: «Es ist doch viel zu ungemütlich, wenn ich die ganze Zeit hier bei euch im Gang stehe. Kommt doch mit mir nach hinten.»

«YES! BACKSTAGE!»

Im Backstage. Enttäuschung. Keine Sofas. Keine Fernseher. Kein Buffet. Nur zwei Klappstühle.
«Hier hinten lebt ihr also?»
«Ja, wollt ihr Gin Tonic?»

ZEITUMSTELLUNG
13.30

Auf dem Weg zum Baggage-Drop. Aus einer Glasbox winkt uns eine Thailänderin zu. «Ist das kultureller Brauch hier? Winkt man hier Fremden einfach so zu?» «Beginnt hier schon der Sextourimus?» «Valerio, lauf!»

14.00

Nach dem Baggage-Drop. Valerio mit zwei Jutebeuteln. «Valerio, du hast ja gar keinen richtigen Backpack. So können wir uns doch nicht zeigen. ‹Northface› ist richtig. Oder wenigstens ‹Deuter›. Sowieso, ich glaube wir waren die ganze Reise bis jetzt einfach zu nah aufeinander. Zu eng. Ich brauche mehr Freiraum. Ab hier müssen wir wohl alleine weiterreisen. Tschüss.»
Dominik geht aufs WC. Er kommt zurück: «Valerio, die WCs sind gar nicht anders als bei uns! Die sind ja ganz normal!» «Das, Dominik, genau das ist der globalisierte Kapitalismus.»

14.15

«Valerio, ich habe gestern auf einer zwielichtigen Seite einen Shuttlebus gebucht. Es dauerte nur zwei Minuten. Ich musste nur meinen Namen angeben und nichts zahlen.»
«Dominik, das kann nicht funktionieren. Denk daran, was uns mein Nachbar gesagt hat, hier ist nichts organisiert, ein Riesenchaos.»
Wir werden angesprochen: «Do you need help?»
Valerio springt in einen Busch. Dominik erstarrt.
Valerio souffliert aus dem Busch: «Dominik, denk daran, was mir dein Trainer gesagt hat. Die Siechen hier sind clever, die wollen dich nur über den Tisch ziehen. Lehne jede Hilfe ab.»
Die Frau zu Dominik: «What's your name?»
Dominik schlotternd: «D..D...Do..omi...nik M..M... Muheim.»
«Ah, you booked a shuttle. There is your driver. He will bring you to the hotel.»

14.30

Im Taxi. Dominik schaut aus dem Fenster und staunt.
Valerio staunt auch: «Wow, Dominik, alles ist so anders hier, so speziell. Das hier zum Beispiel, das habe ich in der Schweiz noch nie gesehen. Schau mal.»
Dominik schaut zu Valerio. Valerio spielt Pokémon Go.

14.35

Noch immer im Taxi. Des Taxifahrers Telefon klingelt. Kurzes Gespräch. Dann: «It's for you, Dominik Muheim.»
Dominik nimmt das Telefon. Valerio belauscht das Gespräch. «Fine, and you? - Tomorrow? - 11 o'clock? - Not sure. - Yes. - Two persons. - The other? Valerio Moser. - So much? - Okay.»
Wie Valerio erfahren muss, hat Dominik gerade eine Tour gebucht.

15.30

UNGLAUBLICH! TATSÄCHLICH! IN DER HOTELLOBBY: NUR ALTE MÄNNER!

Und alte Pärchen. Und junge Pärchen. Und sonst eigentlich auch viele andere Menschen. Und wir.
«Valerio, fühlst du dich auch irgendwie beobachtet? So, als meinten alle, wir seien als Einzige wegen dem Sextourismus hier.»

16.00

Uu mega gejetlagged wollen wir Phuket erkunden, bevor wir schlafen gehen.
Einfach einmal rauf und runter laufen. Vor dem Hotel wird uns eine Massage angeboten.
Valerio interessiert: «Hot stone?»
Dominik zieht Valerio weiter: «Ich glaube, sie meint Sex, Valerio.»
Wir überqueren die Strasse und werden dabei dreimal fast überfahren.
Auf der anderen Strassenseite: «Are you hungry?»
Wir folgen der Frau ins Restaurant.
Es gibt Pizza, Burger und Spaghetti. Wir bestellen ein Bier. «Valerio, wir wollten uns doch Phuket ansehen. 30 Meter sind wir gekommen und jetzt sitzen wir schon fest.»

20.00

Zwei Barfrauen kommen und fordern uns zu «Vier gewinnt» auf. Es geht um Shots. Maximale Konzentration. Stein um Stein. Unser Nachteil: unser Pegel. Lange überlegen. Es geht um Shots. Schweissperlen auf der Stirn. Shots. Dann: Dominik hat bereits drei in einer Reihe. Valerio nicht. Spannung. Noch ein Stein. Valerio verliert. Dominik ist noch dran. Fangesänge von Valerio: **«HOPP! HOPP! HOPP!»** Dann verliert Dominik. Mist. Wir zahlen die Shots.

20.15

Die Barfrauen fordern uns zu einem neuen Spiel heraus. Nägel einhämmern. Wir lehnen ab.
Dann spielen wir.
Wir zahlen die Shots.

20.20

Die Barfrauen fordern uns zu einem Würfelspiel heraus. «Valerio, Würfeln, da geht es wirklich nur um Glück!» Wir zahlen die Shots.

20.35

«Hello, my name is Jimmy.»
«Is this your real name?»
«No, my real name ist Jiraphat Sriwongklang.»
«Cool, Jimmy.»
«You guys need suits, right?»
«No!»
Valerio lacht und geht auf die Toilette. Er kommt zurück.
«Es tut mir sooo leid, Valerio, morgen haben wir einen Termin bei Jimmy.»

21.00

Wir fragen einen Thailänder im Restaurant, wie man hier die Strasse überquert, ohne zu sterben. Er erklärt uns seine Methode: «Zuerst rechts gucken, dann links. Wenn die Autos hundert Meter entfernt sind, einfach loslaufen. Schnell, einfach durchziehen. Das grösste Problem, das Thailand hat, sind die Chinesen.
Sie bleiben in der Mitte stehen und machen Selfies. Auch heute wurde wieder einer überfahren. Gleich da hinten. Als Autofahrer kannst du nicht bremsen. Wenn du bremst, dann fährt derjenige hinter dir in dein Auto. Das muss man wissen. Also einfach laufen. Ohne zu gucken. So funktioniert das hier in Thailand. Und vergesst nie: Die Zebrastreifen sind nur Show.»

21.30

«Hey Jimmy, what can we do in Phuket?»
«Oh, there's a lot to do. There are good strip clubs at the beach. Go-go bars, or ping-pong shows everywhere.»
«Cool. Do you also have non-sexual things to do?»
Jimmy schaut uns fragend an.
«Non-sexual?»
«Yes, like laser tag or waterski.»
«Oh, waterski? Yes, you can go waterskiing, but I do not know where exactly.»

21.50

Wir essen Spaghetti. Eine Frau kommt an unseren Tisch. Sie verkauft selbstgeknüpfte Armbänder.
Wir wollen keine. Aber es kommt noch eine Frau.
Sie verkauft selbstgemachte Halsketten. Wir wollen keine. Aber es kommt noch eine Frau. Sie verkauft 3D-Bilder. Wir wollen keine. Aber es kommt ein kleiner Junge an unseren Tisch. «Give me your hand.»
«Dominik, du weisst aber schon, dass man sich hier nicht die Hand gibt. Das ist doch merkwürdig.»
«Give me your hand.» Dominik gibt ihm die Hand.
«Let's play a game.» Er signalisiert Daumenwrestling.
«If you loose, you pay.» «Diesem Kind will ich aber keinen Shot zahlen.» «C'mon, why are you scared?»
«Because I'm scared.» Jimmy von der Seite, anerkennend: «Good answer.»

22.00

Endlich, wir schaffen es aus dem Restaurant:
«Hey, do you need a kimono?»
«Wir sind in Thailand, Dominik, wir brauchen keinen Kimono.»
«2000 Baht.»
«No, thank you.»
«Okay, 1900 Baht.»
«We really do not need it. It's too big to travel with.»
«1800, try it on.»

Valerio probiert ihn.
«Okay, it's nice, but we can't use it.»
«1400 Baht.»
«Nein, wir gehen jetzt besser.»
«1200 Baht, last chance.»
«No sir, we are too drunk to buy things like that at the moment.»
«Okay. 1000 Baht.»
Dominik kauft den Kimono. Das hätten auch wir nicht erwartet.

22.45

«Dominik, ich finde Thailand super. Es ist hier gar nicht so, wie viele gesagt haben. Niemand will uns über den Tisch ziehen. Sie spielen einfach sehr gut Spiele und haben schöne Kimonos. Und alle sind so lieb. Wie wir damals im Flugzeug. Erinnerst du dich? Und wenn andere nett sind, dann kann man ihnen manchmal auch einen Shot mehr zahlen.»

«Ja, ich freue mich auf morgen.»

09.00

Wir wachen auf. Valerio zufrieden: «Dominik, ich glaube, gestern war ein ganz erfolgreicher Tag. Immerhin haben wir acht Strassenüberquerungen überlebt!»
«Ja, das stimmt. Aber Valerio, wir liessen uns gestern in der ersten Kneipe bei Würfelspielen abzocken, haben beim ersten Strassenverkäufer einen Kimono gekauft. Einen Kimono! Und wir haben einen Termin bei Jimmy, dem Anzugsverkäufer. Und jetzt habe ich diese Tour gebucht, weil ich im Taxi angerufen wurde.»
«Du hast nicht unrecht, aber wir haben viel daraus gelernt. Unser Motto für heute:

WIR KAUFEN NUR NOCH ALLES, WAS WIR WIRKLICH WOLLEN.»

10.00

Frühstück war lecker. Jetzt sitzen wir seit zehn Minuten fest. Das Problem: Räumen wir den Teller selber ab? Dürfen wir einfach gehen? Oder wie macht man das in Thailand? Angst. Wir getrauen uns nicht zu fragen. Also beobachten wir die anderen Gäste und warten ab, was sie machen. Dann ärgern wir uns darüber, dass sie es falsch machen. Ja: Die Schweizer, das sind wir.

10.30

«Okay, Dominik. Diese Tour? Wo gehen wir hin? Was brauchen wir?»
«Tut mir leid, Valerio, keine Ahnung. Aber sicher Sonnenbrille, Sonnenhut, Badehose, Regenjacke, Sonnencreme und wahrscheinlich viel Geld. Sorry.»
Wir machen uns bereit und betreten vollbepackt die Hotellobby. Da ist keine Tour. Da ist nur eine Frau, die uns verschiedene Touren vorschlägt. «Ach so.» Missverständnis. Wir lachen erleichtert.

«Denk an unser Motto, Dominik, nur was wir wirklich wollen!»
«Look, this is our James Bond tour.»
«What? James Bond?» Gebucht!

11.20

«Hey Valerio, ich liebe dieses Land von Stunde zu Stunde mehr. Je mehr Geld ich ausgebe, desto mehr möchte ich hier bleiben, denn ich weiss: Mit dem Restgeld kann ich in der Schweiz eh nicht lange überleben.» Dominiks Erinnerung klingelt:
«Oh nein, Jimmy! Wir haben ihn verpasst! Zum Glück!»

13.00 MITTAGESSEN:

«Valerio, guck dir all diese Restaurants an. Voll mit Touris. Das machen wir sicher nicht. Klar, vielleicht sind wir Touristen. Aber sicher nicht solche.»
Wir gehen zwei Strassen weiter. Keine Touristenshops mehr. «Perfekt.»
Ein Restaurant voller Einheimischer. «Da gehen wir hin, das ist echt.»
Wir betreten das Restaurant. Alle blicken auf:
«Oh nein, Touristen.»
Niemand bedient uns. Nach einer gefühlten Ewigkeit kommt ein Kellner. «Em. I want fried noodles and he too and for drinks we ...»
Jemand im Raum ruft. Der Kellner läuft weg.
Wir warten. Der Keller kommt wieder. Mit einem Bilderbuch. Wir zeigen auf Gerichte.

17.00

«Valerio, ich mag diese passive Aggressivität der Strassenverkäufer hier. Sie wollen dir etwas andrehen. Dann sagst du, dass du dir noch nicht sicher seist. Sie entschuldigen sich und sagen, dass du gerne wiederkommen kannst, sobald du dich entschieden hast, und bedanken sich bei dir.»

Zwei Frauen stellen sich uns in den Weg.
«MASSAGE!»

Valerio, fröhlich verliebt:
«OH, NO, THANK YOU, I AM ALREADY VERY RELAXED.»

Eine der Frauen, beleidigt, haut Valerio auf den Kopf. Die andere hält Dominik mit beiden Händen fest:
«GIVE ME ONE HOUR. NOW!»

20.30

«Müssen wir jetzt hinschauen?» Wir sind überfordert. Auf der Bar, an der wir sitzen, tanzen Frauen an Stangen herum. «Ich weiss nicht, ist das ihr Job? Machen die das gerne? Werden die gezwungen?»
«Komm, du bist dran, spielen wir weiter Uno. Konzentrier dich auf die Karten.»

21.10

«Das Problem, das ich mit diesen Shows habe: Ich tanze viel lieber selber, als anderen dabei zuzusehen.»

21.35

Nach einer Stunde Uno wird es uns langweilig.
«Valerio, müssen wir nicht den Sextourismus beobachten?»
Wir verlassen die Bar. Ein Typ kommt und fragt, warum wir bereits gehen. «Wir können den Frauen hier gar nicht auf Augenhöhe begegnen. Die tanzen auf den Tischen. Das ist doch verrückt. Dabei sind wir nur für Smalltalk hier.» Er lacht und will uns eine Frau holen, mit der wir «smalltalken» können. Wir winken ab.
Wir sind nur hier zum Beobachten, nicht zum Erleben.

21.45

Und dann: Plötzlich zmitzt drin auf der Bangla Road. Überall Lichter, überall Menschen, überall tanzen halbnackte Frauen.

In der Luft: zirka 2000 Aromen.
Vor uns: ein Schiessstand!
«Kauft Burger!» «Kauft Drinks!» «Kommt in unsere Bar!» «Ping-pong Show! Ping-pong Show!» Dominik schlottert am ganzen Körper: «Zu viel! Zu viel!». Valerio pädagogisch relevant: «Ping-pong show? In Switzerland we call it ‹Tischtennis›.»
Eine Frau hat ein riesiges Schild. Von hinten zieht sie es Dominik zwischen den Beinen durch. Wie eine Kreditkarte.
Valerio wird von einer älteren Dame angetwerkt. Unerwartet twerkt Valerio zurück. Teamtwerk!
Eine Frau applaudiert und nimmt uns an der Hand:

«HEY BOYS, RELAX, TIME FOR A REAL PING-PONG SHOW.»

21.50

Auf dem Weg zur Pingpong-Show. «Valerio, Valerio, siehst du das? Wir gehen in einen Hinterhof. Alles voller Schrott. Abfall. Und der Boden. Das ist gar kein Rasen. Das ist Kunstrasen. Wie deiner! Nur grösser! Und jetzt gehen wir dann da vorne die Treppe rauf und rein und dann sind wir da. Siehst du das?»
«Ja, aber vom Gefühl her gehen wir auf echtem Rasen.»

Frauen tanzen oben ohne. Wir finden das abstossend. Es zieht uns an. «Valerio, ich habe das noch nie in echt gesehen. Das ist schon grausig, gell?»
«Ja, das stimmt.»
Beide bleiben und untersuchen das Phänomen.

22.10

«Lustig, Dominik, ausser mir trägt hier gar niemand ein hässliches Hemd. Keine alten Männer, nur junge Touris.»
Neben uns liegen sich zwei Russen in den Armen und schauen verträumt den Tänzerinnen zu.

22.20

Auf der Bühne: Ein nackter Mann schlägt mit seinem erigierten Penis auf einer Trommel rum. Valerio euphorisch:

«I'M ALSO A DRUMMER! BUT I'VE NEVER TRIED THIS!»

22.25

Unvorhersehbar stehen fünf Frauen vor uns.
Sie umgarnen uns. «Halt! Das ist zu viel für die Art, wie wir arbeiten!» Wir dürfen uns nicht ablenken lassen. Wir sind hier schliesslich in geheimer Mission.
Die eine fragt: «Do you like sex?»
Valerio irritiert:
«We? With us? Here? Why?»
Dominik irritierter: «I don't know!»
Sie verdreht die Augen und geht. Eine andere massiert Dominiks Schulter. Hart. Also eigentlich wird die Schulter massakriert.
«Aua!»
«You want fuck!»
«No, thanks.»
«Why?»
«Girlfriend; no money; the dog ate my homework; my Mother has cooked; oh, is it already that late? Sorry, I have to go to toilet!»

Dominik rennt.
Plötzlich: Valerios Schulter wird massiert.
«Aua!» Sie zieht ihren BH aus, zieht Valerio den BH an und streckt ihm die Brüste vors Gesicht. Dann fragt sie:
«Do you have tip for me?»
«Yes, I have a very good tip for you. It's from my mother. Don't drink too much alcohol. Drink water. That's better.»
Sie geht.

22.40

Dominik kommt zurück. Von den fünf Frauen sind noch zwei übrig geblieben.
«Valerio, du trägst einen BH. Beobachten wir noch oder erleben wir schon?»

22.45

«Die sind alle so schön. Und so nett. Und so toll. Und so verführerisch. Was sollen wir tun?»
«Kennst du Odysseus?»
«Du meinst den Griechen? Der mit dem Holzpferd?»
«Nein, der andere!»
«Welcher andere denn?»
«Der mit den Sirenen?»
«Sirenen? Katastrophenwarnung?»
«Genau! Was machen wir hier eigentlich? Ist das nicht einfach dumm? Ohhh ... dort!»
Auf der Bühne schiesst eine Frau mit vaginaler Pressluft und einem Blasrohr Luftballons kaputt, die zwischen den Beinen von nackten Frauen klemmen.

22.55

Die zwei Frauen sitzen neben Dominik und Valerio.
«Hey guys, it's time to be happy.»
«Oh, thank you, but I am already very happy.»
«Are you also happy here?»
Sie fasst Valerio in den Schritt. Er erschrickt:
«Oh no, no, no! That's private stuff!»

23.00

Die letzte der Frauen fragt uns, wie wir sie finden:
«Oh, I think you're a kind person.»
«No, I'm not. I'm funny.»
Valerio forsch: «Okay, joke battle! I start:
How do you call a boomerang which does not return?»
Allgemeine Ratlosigkeit.
Valerio vorfreudig: «A stick!»
Niemand lacht.

Valerio erklärt: «You know, boomerang, the thing which returns normally.»
«Yes, I know the boomerang - but your joke was lame. By the way, I am HIV+.»
Dominik fällt der Gin Tonic aus der Hand.
Valerio: «Was… oh … really?!» Sie lacht:
«That was my joke.»
Interessante Gag-Struktur.

23.10

Sie guckt Dominik an: «You're not here for sex, right?»
Es folgt ein Gespräch. Dominik erfährt, dass sie in England studiert. Sie ist 23, in Phuket geboren und arbeitet in den Semesterferien als Prostituierte. Tagsüber als Tourguide. «Es ist nicht nur ein körperlicher Job. Hier arbeitest du mit dem Kopf. Als Prostituierte bist du nur der Spiegel des Kunden. Was will der Kunde? Was braucht er, damit er sich gut fühlt? Das musst du erkennen.»
Das Gespräch wird tiefer und tiefer. Dominik weiss, dieses Gespräch ist echt. Dominik weiss, dass sie so ein Gespräch wahrscheinlich noch nie geführt hat.
Dominik fühlt sich gut.
Plötzlich steht sie auf: «Okay, die Zeit ist um. Ich gehe jetzt. Ausser du bestellst noch einen Drink. Dann bleibe ich weitere 14 Minuten.»

23.25

«War das jetzt echt? Oder war es nur das, was ich von ihr wollte? Habe ich erfahren, wer sie ist? Vielleicht studiert sie gar nicht Englisch, vielleicht studiert sie Kommunikationswissenschaften? Was meinst du, Valerio? … Valerio!?»

23.30

Valerio steht singend in der Ecke:
«Thailando, Thailando. Amigos Adios. Adios. El silencio loco ...»
Dominik schmeisst ihm einen Gin Tonic an den Kopf.
«Valerio, das heisst Bailando!»
«Wuhuuuu, wir sind sooo Gonzo!»
«Ist das nicht einfach nur dumm?»
«Zwischen Gonzo und dumm ist oft ein schmaler Grat. Und manchmal sind links und rechts nur Abgründe.»
Auf der Bühne zieht eine Frau einen Kanarienvogel aus ihrer Vagina. Zum Glück steckt sie ihn wieder zurück.
«Valerio, weisst du, was ich gerade gesehen habe? Genug! Wir gehen!»

Wir gehen.
«Phu, Dominik, zum Glück haben wir heute keinen Kimono gekauft.»

08.00

Wir wachen auf. Was ist gestern passiert? War das echt?
Dominik, übermüdet:
«Valerio, wir müssen arbeiten.»
Er meint aufstehen.

08.05

«Dominik, ich habe ein Trägershirt dabei. Ich habe noch nie ein Trägershirt getragen - in meinem ganzen Leben. Ich finde die mega dumm. Aber ich ziehe es jetzt an. Einfach so!»
Valerio zieht es an. «Ich habe es an! Hui, das ist ja mega krass. Schau, im Spiegel. Bin das ich? Ich bin ja mega männlich! Mega geil!»
«Valerio. Ich habe auch eines.
Ich zieh das jetzt auch an.»
DIE MÄNNER, DAS SIND WIR!

08.20

Frühstück in Thailand. Vor uns das Beste, was Europa zu bieten hat: American Breakfast.

10.00

Die James-Bond-Tour geht los. Unser Touristenführer, Milan, ruft in die Menge: «Hello!»
Drei verschlafene Engländer zurück: «Hello.»
«That was not loud enough. Hello!»
Die ganze Gruppe stöhnt laut: «Hello!».
1-A-Publikumsanimation.
«Remember, always come back to this boat. If you take another boat, you go to Malaysia.»
Alle lachen. «Hmm. Malasien. Das wäre sicher auch noch schön.»

10.05

Milan erklärt, wo wir hinfahren. Dabei schlägt er aggressiv mit einem Bambusstab auf verschiedene Bilder an der Wand und auf eine verpixelte Karte:

«FIVE STOPS. OKAY? FIRST STOP: KAJAK, 35 MINUTES. THEN CAVE. 50 MINUTES. THEN HERE, YOU EAT AND SHOP ONE HOUR. HERE, YOU SWIM AND WALK 30 MINUTES. HERE, JAMES BOND ISLAND. TAKE SELFIES, 007 MINUTES. NOW GO ON BOAT.»

Ein Mädchen kotzt in eine Ecke. Die Mutter schleipft sie am Arm aus dem Raum.
«Mist, zwei haben wir schon verloren.»

10.20

Auf dem Boot ist die Stimmung voll gut. Ein Engländer sitzt mit verschränkten Armen auf dem Bänkli. Ein junger Saudi nimmt demotiviert eine Flasche aus der Kühlbox. Zwei deutsche Eheleute blicken gelangweilt auf ihre jeweiligen Smartphones. Der junge Saudi wirft die volle Flasche nach nur einem Schluck in den Eimer.
Der Engländer verdreht die Augen.
«Gell, Valerio, manche Leute müssen halt in die Ferien.»

11.00
FIRST STOP, KAJAK!

Milan erklärt, dass er eine Anwesenheitsliste hat. Sie fahren erst ab, wenn alle zurück sind. Darum: immer auf die Uhr schauen. «Wenn jemand zu spät kommt, dann müssen alle warten!»
Wir ziehen los. Fünf Minuten vor der abgemachten Zeit kommen wir zurück zur Anlegestelle. Das Boot ist bereits losgefahren. Valerio schreit vom Ufer:

«NO PROBLEM, WE'RE NOT THAT IMPORTANT!»

12.10

Uns gegenüber sitzt ein Mann. Auf seinem Shirt steht in grossen Lettern: «XXL Pick up Artist».
Valerio erleichtert: «Phu, solange Pick-up-Artists noch nach Thailand reisen müssen, um Sex zu kriegen, ist Europa noch nicht verloren.»

12.45
SECOND STOP, CAVE!

Wir steigen aus. 80 Leute. «One line, please. Important.» Wir stehen in einer Reihe vor der Höhle. Ein kleines Boot fährt vorbei. Der Bootsfahrer ruft: «We are only four people. Much better tour than yours! Only four people. Hehe!» Er fährt weg.

13.10

«Valerio, ich bin so fröhlich. Wenn in dieser Höhle das Wasser steigt, wir plötzlich nicht mehr rauskommen, dann wissen wir: Elon Musk hat ein U-Boot gebastelt, das uns retten wird.»
«Und dann, Dominik, dann sind wir endlich berühmt!»
«Ja, aber das absolute i-Pünktli wäre, wenn wir irgendwo entführt würden und das dann überlebten.»
«Oder emel einer von uns. Das wäre eine geile Story.»

14.30
THIRD STOP!

Spaziergang durch eine schwimmende Stadt. Enge Gassen, viele Katzen, überall hängen Tücher.
Dominik von seiner Begeisterung überrumpelt: «Wow! Diese Piratenstadt ist fast so echt wie die im Europapark!»

15.12

Valerio knipst wie wild mit seiner Kamera rum.
«Geil, die Insel da und dort drüben dieses Fischerboot und woah, da die Wolken und die Wellen, guck wie schön.»
Nach fünf Minuten: «Weisst du, Dominik, das sind alles Fotos, die ich nachher wieder lösche.»
«Warum?»
«Was will ich damit? Davon gibts im Internet genug, und die sind alle viel schöner.»

16.00
FOURTH STOP, JAMES BOND ISLAND! ENDLICH!

Valerio singt voller Freude das Pink-Panther-Lied.
«Valerio, in Liedern bist du einfach nicht gut.»

16.25

«Mir ist aufgefallen, wenn man zu zweit unterwegs ist, dann gibt es immer jemanden, der führt. Jemand, der die Organisation übernimmt. Es passiert nie, dass beide den Überblick behalten.»
«Doch, das kenne ich schon, dann müssen es aber drei Personen sein, denn ich gehöre sicher nicht zu denen.»

17.25
FIFTH STOPP

Ein Mann begrüsst uns an seiner Bar und fragt, woher wir kommen. «Switzerland? Never heard of it.
You know, I live in a forest with monkeys.
Monkey party every evening.»
«Funny.»
«Yes, I am funny. And I know Switzerland.»
Er erklärt uns die Schweiz. Er kennt die Schweiz besser als wir. Hoffentlich stellt er uns keine Fragen über die Schweiz. Zwei Türken kommen zu uns.
«Oh, Turkey?». Er beginnt ein Lied auf Türkisch zu singen. Die Türken eskalieren und singen mit.

Die Türken wissen nach der ersten Strophe nicht weiter. Er singt das Lied zu Ende.
«Why do you know so much?»
«As I said: I live in a forest with monkeys.»
Wir verstehen es nicht ganz, aber wir glauben, ‹forest› ist eine Metapher für die Welt und ‹die Affen›, das sind wir.

17.35

«Is there a toilet?»
«Gaga over there, 30 Bhat;
Fifi over there, 10 Bhat;
Fifi over there, for free.»
Er zeigt aufs Meer.

18.00

Wir fahren zurück. Handy checken. Sprachnachricht von Valerios Schwester: «Stimmt es, dass man in Thailand auf dem Pissoir massiert wird?»
Dominik und Valerio lachen laut. Was haben die Leute in der Schweiz eigentlich für ein absurdes Bild von Thailand. Lol.

22.15

Wir reflektieren die letzte Nacht.
«Das Verrückte ist doch, wie sich hier alles verzerrt. Überall Frauen. Frauen auf der Strasse, die die Werbung verteilen, Frauen, die dich in die Bars ziehen, Frauen, die bedienen, Frauen, die auf den Tischen tanzen, Frauen, die dich in die Pingpong Show ziehen, Frauen in den Ping Pong Shows ...»
«Und der Typ, der mit dem Penis Trommel spielt.»
«... man wird betatscht, bewundert, angeflirtet, umgarnt. Plötzlich sitzen fünf Frauen um dich rum und bezirzen dich.»
«Und alle tun so, als wäre das völlig okay. Alles hier schreit: ‹Das ist richtig so, hinterfrage es nicht!›.
So wird eine Normalität aufgebaut, die gar keine ist!»

02.00 Uhr

«Valerio. Die letzten paar Stunden haben wir am Bericht geschrieben. Das hat mich jetzt endgültig zerstört. Es ist drei Uhr morgens. So viele Abgründe. Wir brauchen Zeit, um darüber nachzudenken und vor allem: **WIR MÜSSEN SCHLAFEN!»**

«Es ist zwei Uhr morgens. Zudem brauchen wir noch ein Bier?»

«Das schaffen wir noch.»

Die beiden ziehen sich an und hüpfen frohlockend aus dem Zimmer in den Lift. Alle Karten fallen aus Valerios Handyhülle auf den Boden. Ausser die Kreditkarte. Die fällt in den Liftspalt.

«Nun - ab jetzt musst du zahlen, Dominik.»

02.45

Wir sitzen in irgendeiner Bar. In der Bar hat es eine Bühne. Auf der Bühne wird ein Engländer von zwei Frauen ausgepeitscht. Die Freundin schnellt energiegeladen hoch, stürmt in ihren hohen Schuhen auf die Bühne, lallt die Tänzerinnen voll, schnappt sich eine Peitsche und schlägt mit - bis sie von der Bühne fällt. Niemand reagiert.

03.05

Neue Bar. Wir kommen ins Gespräch.

«What's your name?»

«Dominik.»

«Oh that's easy. Dominik, Dominik, Dominik. See, easy. Dominik. What's your name?»

«Valerio.»

«What?»

«Valerio.»

«Balenio?»

«No.»

«Balenito?»

«Valerio.»

«Lelino?»
«Valerio.»
«Oh, Wa...Wa... Walellio.»
«Valerio.»
«Valelilo.»
«Perfekt.»
«See, Domino. It's easy.»
Sie zeigt auf eine Holzskulptur zweier kopulierender Schweine: «My favourite.»

03.30

Schichtwechsel bei den Tänzerinnen. Valerio trägt zwei Effektbrillen auf dem Kopf. Die Tänzerinnen werden darauf aufmerksam und kommen zu uns.

«Valerio, Pass auf, die wollen wieder dasselbe wie gestern.»
Nach fünf Minuten Brillenfun fragen sie uns, ob wir mit ihnen in den Club wollen. Valerio fragt, ob wir da auch tanzen können oder ob wieder nur Frauen tanzen.
«Don't worry, it's a normal club. We're the ‹Fuck You Gang›.» Sie zeigen uns den Mittelfinger.
Wir folgen ihnen.

03.50

Im Club. Getränkekarte. Ein Bier kostet 1200 Bhat.
Wir wollen gehen, aber die «Fuck You Gang» regelt das.
Wir bekommen die richtige Karte. Bier: 300 Bhat.
Die Gang schenkt uns Lollipops. Wir stellen fest:
Die arbeiten wirklich nicht mehr - das hier, das ist endlich echt, glaubs!

04.15

Valerio geht zum Pissoir. Auf seiner rechten Schulter plötzlich eine Hand. Ein Mann flüstert in sein Ohr:
«Massage?»

05.00

Wir sitzen mit der «Fuck You Gang» in ihrer leeren Bar. Irgendwann hat ein Mann Essen vorbeigebracht. Wir fragen sie aus: Pro Nacht verdienen sie 13 Franken. Wenn sie eine Nacht ausfallen, dann müssen sie 30 Franken Busse zahlen. Dominik isst einen Löffel. Alle lachen. «This is a chicken foot.»
Dominik spuckt ihn aus. Alle lachen: «But you can eat it as well.» Dominik kaut wieder darauf herum: «But not everything.»
Dominik spuckt irgendwas heraus. Wir fragen weiter. Im Monat haben sie zwei Nächte frei. Keine Ferien. Die eine arbeitet erst seit zwei Wochen hier, um Geld zu verdienen für ihren kranken Vater. Aber eigentlich wollen sie gar nicht darüber reden.
Denn sie sind die «Fuck You Gang». Sie sind cool. Und heute gehören wir dazu.

05.50

«Valerio, es ist so spannend, die haben hier einen so anderen Humor! Deine Effektbrille zum Beispiel, die finden hier alle mega lustig.»
Valerio stolz: «Das ist in der Schweiz imfall auch so.»
«Oder deine Witze, die versteht hier einfach niemand.»
Valerio traurig: «Das ist in der Schweiz imfall auch so.»

06.00

Völlig erschöpft. Wir geben zu, wir haben uns verlaufen. Verloren irren wir durch die nächtlichen Strassen einer Zwei-Millionen-Stadt und pfeifen ängstlich Disney-Songs. In wenigen Stunden geht unser Flug in eine andere Welt.
«Ich hoffe, wir haben keine Stehplätze im Flugzeug.»
«Ich hoffe, wir haben keine Stehplätze im Hostel.»
Neben uns: ein Mops auf einem Motorrad. Er trägt Sonnenbrille.

06.25

Schlaftrunken im Bett:
«Es muss so schön sein, jemanden im Leben zu haben, der dich versteht. Der immer weiss, wie es dir geht. Das vermisse ich.»
«Valerio, für dich bin ich doch genau so jemand. Dir geht es gerade sehr schlecht.»
«Du hast recht. So schön.»
Valerio schläft ein. Dominik beginnt Valerios Namen zu variieren:
«Valerio Moser. Malverio Voser. Balderio Hoser. Schallkerio Schlosser. Interio Klotzer. Himalaya Kotzer. Volvo. Das ist gut: Volvo. Ab jetzt nenn ich dich nur noch Volvo. Gute Nacht, Volvo.»
Dominik schläft ein.

18.00

Im Flugzeug zurück:
«Haben wir all das eigentlich ironisch gemacht?»
«Ich glaube schon.»
«Phu …»
«Aber auch wenn wir all das nur ironisch gemacht haben, gemacht haben wir es trotzdem.»
«Und was sollen wir nun davon halten?»
«Von was?»
«Von uns?»
«Schau, es ist doch so: Die Menschheit hat so viele komische Dinge erfunden: Armbrüste, Akkuschrauber, Elektrosmogreiniger, Sangria, Solarien, Sextourismus …»
«Federschmuck?»
«Nein, den haben wir gebastelt. Mit Heissleim. Anyway: bei manchen Dingen wünscht man sich, dass sie die Menschheit bald wieder entfindet. Und vielleicht ist es ja genau das, was die Menschheit noch zu bieten hat: viele komische Dinge, die es wieder zu entfinden gilt.»

«Haben wir also all das gemacht, nur, um genau das herauszufinden?»
«Was?»
«Das eben, das, was du gesagt hast?»
«Ich weiss nicht, ich looke nur for Freedom.»
«Haben wir jetzt Streit?»
«Wir haben vier Meter Kunstrasen.»
«Das ist schön, Volvo. Das ist sehr schön.»

«edition merkwürdig»
‹Merkwürdig› ist ein Wort, das oft mit schräg, nonkonform, speziell oder komisch assoziiert wird. ‹Merkwürdig› kann – wortwörtlich genommen – aber auch bedeuten, dass etwas würdig ist, es sich zu merken: also dass es bleibenden Charakter hat, dass es berührt, bewegt und zu Gedanken anregt.
Das Lebensmotto des Herausgebers prägt seine Arbeit mit Menschen und steht auch Pate für die Edition. Hier werden merkwürdige Autorinnen und Autoren publiziert und der Leserschaft gezeigt.

Die Edition wird durch drei Stile oder Linien in Erscheinung treten, wobei der Hauptfokus auf der klassischen Edition liegt.

1. «merkwürdig klassisch» bietet Bühnentexte sowie vielseitige Prosa und Lyrik, die in einheitlicher Erscheinung eine Sammlung bilden und für Qualität und Kontinuität stehen.
   Den Auftakt der «edition merkwürdig» machte Christoph Simon im Frühling 2021 mit seinem Lyrikband «und das nach vier Milliarden Jahren Evolution».
2. «merkwürdig anders» präsentiert Bühnentexte oder spezielle Textkreationen, die durch weitere kreative Elemente ergänzt werden. In diesem Bereich erscheint mit dem vorliegenden Buch von Dominik Muheim und Valerio Moser der Erstling sowie parallel eine Bühnenshow. Die Möglichkeits-Vielfalt dieser Serie wird sicher bald eine Fortsetzung finden.
3. «merkwürdig leben» steht für Fachpublikationen aus dem psychologischen Umfeld sowie zu Coachingthemen.

www.edition-merkwuerdig.ch

Welche zwei Organisationen hinter der Edition stehen

«Kunstprojekte.ch» wurde 2012 von Rainer von Arx und Christa Hirschi gegründet und hat sich als Agentur für Spoken Word und Kabarett mit einer breiten Palette von Bühnenkünstlerinnen und -künstlern als Kulturvermittler etabliert. Das Angebot wird ergänzt durch Kulturprojekte, Produktions- und Projektleitungen sowie Vermittlungsangebote.

www.kunstprojekte.ch

Der Verlag «Der gesunde Menschenversand» ist der wichtigste Partner für Produktionen im Spoken-Word-Bereich und vertritt mit seinen Werken viele wichtige Künstlerinnen und Künstler dieser Kunstform. 1998 von Matthias Burki und Yves Thomi (bis 2007) gegründet, hat der Verlag bis heute überlebt. 2014: Schweizer Verlag des Jahres (Schweizer Buchhändler- und Verlegerverband). 2016: Weiterschreiben-Preis der Stadt Bern. 2018: Preis der Landis & Gyr Stiftung an Verleger Matthias Burki.

www.menschenversand.ch

Dank für die Unterstützung

Der Herausgeber dankt herzlich
Dominik Muheim und Valerio Moser für ihren Mut, ein erstes gemeinsames, gedrucktes Produkt zu schaffen und für ihre Mitentwicklung der Edition. Ihre sprudelnde Energie und Unbekümmertheit sowie ihre vielen, kreativen Ideen prägen den Erstling der Linie.
Alexandra Theiler dafür, dass sie als Grafikerin und Buchmacherin all diese Ideen umsetzte und mit guten Inputs das Gesamtwerk ergänzte.
Sarah Altenaichinger für ihr aktives Mitdenken, Eintauchen in die Texte sowie ihre bereichernden und kritischen Inputs.

Die «edition merkwürdig» wurde nur machbar dank der Corona-Pause sowie guten Seelen im Hintergrund. Deshalb geht mein Dank ebenso an Matthias Burki und Thomas Knapp für die Einführung in die Verlagswelt, Petra Bürgisser für ihr Herzblut, das in die Entwicklung der ganzen Edition floss und dem Team von kunstprojekte.ch für die tatkräftige Unterstützung.

Hey Rainer, Moment, es hat sich noch nicht ausgedankt. Wir, Dominik und Valerio, wollen dir denk doch auch danken. Für dein Vertrauen, deine Unterstützung und deine Vision für den Verlag, der eine Lücke füllt. Und Alexandra, du weisst, du hast einen gröberen Fels bei uns im Brett. Und Sarah und Remo, auch euch danken wir circa fünfzehn metaphorische Erdbeertörtchen ins Bücherregal. Und David Hasselhoff, wenn du wieder mal in der Nähe bist, kannst du jederzeit auf unserem Sofa schlafen.

Die Publikation war nur möglich dank

SWISSLOS
Culture Canton de Berne

kultur
SWISSLOS
Fonds des
Kantons Solothurn

Stadt Liestal
stadtlangenthal

Fachausschuss Literatur
Kanton Basel-Stadt
Kultur
KULTURELLES.BL
BILDUNGS-, KULTUR- UND SPORTDIREKTION

Impressum

Text: Valerio Moser, Dominik Muheim
Herausgeber: Rainer von Arx
Grafik: Alexandra Theiler
Lektorat: Sarah Altenaichinger, Remo Zumstein
Verlag: edition merkwürdig / Der gesunde Menschenversand
Fotografien: Valerio Moser, Dominik Muheim
3D Modelle: Alexandra Theiler, Turbosquid
David Hasselhoff 3D Modell: thingiverse.com/brucephalus/designs
Druck: pustet, Regensburg

2. Auflage 2023

ISBN 978-3-03853-113-5